亦余心之所善兮
雖九死其猶未悔

百四歲叟馬識途

西窗琐言

马识途——著

江苏凤凰文艺出版社
JIANGSU PHOENIX LITERATURE AND ART PUBLISHING, LTD

图书在版编目（CIP）数据

西窗琐言 / 马识途著. —南京：江苏凤凰文艺出版社，2019.7(2024.4 重印)

ISBN 978-7-5594-3606-1

Ⅰ.①西… Ⅱ.①马… Ⅲ.①散文集—中国—当代 Ⅳ.①I267

中国版本图书馆 CIP 数据核字(2019)第 072970 号

西窗琐言

马识途 著

责任编辑 万馥蕾 张 黎
装帧设计 王小耳
责任印制 杨 丹
出版发行 江苏凤凰文艺出版社
南京市中央路 165 号，邮编：210009
网 址 http://www.jswenyi.com
印 刷 苏州市越洋印刷有限公司
开 本 880 毫米×1230 毫米 1/32
印 张 8
字 数 186 千字
版 次 2019 年 7 月第 1 版
印 次 2024 年 4 月第 2 次印刷
书 号 ISBN 978-7-5594-3606-1
定 价 45.00 元

江苏凤凰文艺版图书凡印刷、装订错误，可向出版社调换，联系电话 025-83280257

目　录

我青春的足迹

人生三境界

洞穴文化

和青年朋友谈读书

信天游地

我青春的
足迹

臭豆腐干

这件往事虽然只是一件小事，却引人联想。

1934年，我在浦东中学上高中，有一个同乡同学暑假回四川老家，回校时给我带来家乡的土产——我最爱吃的臭豆腐干。这种豆腐干是用家乡盐井提出的一种特别的卤水卤出来的，闻起来奇臭无比，颇有点像臭袜子的气味，叫人难受。可是用油炸出来，却是又脆又香，那种香味很怪，开始捏住鼻子硬吃上几口，就感到很香，很想再吃了。

我拿到臭豆腐干后，把它放进我的床下的箱子里。这下可坏了，同学们晚上回寝室，一进来就嚷："什么东西这么臭？谁的臭袜子不拿去洗，又不甩出去？"我和同乡不作声，只是暗暗地发笑。他们在屋子里四处乱搜，床下也找了，一双臭袜子也没有找到，就是不知道从哪里来的这种怪臭味。

过了几天，我们偷偷把臭豆腐干拿出来，切成小片，拿到街上炸油条的小摊上炸了一堆，拿回寝室，请同寝室的下江同学品尝四川家乡美味。他们一吃，说不好吃，有个怪味。我教他们先捏住鼻子吃两口，他们照办，硬吃了两三小块，都说有一种特别的香味，于是放开手大吃起来，还赞不绝口，说："好吃，好吃，有特别的香味。"他们问这是什么东西。我说："就是你们要叫摔出去的臭袜子。”他们怎么会相信？我把我床下的箱子拉出来，一打开，一股浓烈的臭味便散发开来，他们闻到那臭味，几乎要发呕，怎么也不相信他们吃得津津有味的就是用这种臭东西炸出来的，有的就不敢再吃了。可是看我们吃得那么香，忍不住还是和我们一样大吃特吃起来，津津有味。他们想不到世上竟然有这样闻起来臭吃起来香的食品。

你们会问：现在还能吃到这样的怪味食品吗？如果开发出来，那该多好。没有了。已经过去几十年，那个盐场早已关闭，会做这种臭豆腐干的师傅想必早都去世了。我现在想起家乡的臭豆腐干，还不免流口水呢。

“闻起来臭，吃起来香，你说这句话听起来怎么这么耳熟？”是的，有一把年纪的人，特别是知识分子，对这句话，不仅耳熟，恐怕刻骨铭心，难以忘怀吧。那个时候认为有知识的人最卑贱，外号“臭老九”，真是奇臭无比了。可是真要干点工作，搞点建设，没有这些有知识的人还真不行，于是他们又成为香馍馍，大家抢着吃了。于是那时候有点本事的知识分子，便说是闻起来臭，吃起来香，真有点像我家乡的那种臭豆腐干呢。

不过时间已经过去几十年，情况已经大变，现在的有知识的人很受尊重，有知识的科技人员号称为第一生产力，真是闻起来香，吃起来更香了。“臭老九”和我家乡的臭豆腐干一样，永远成为历史陈迹了。

2002 年 1 月 8 日初稿

2006 年 7 月 2 日修改

猎野鸭记

我的家住在所谓“三峡明珠”的旅游胜地石宝寨上游几里地的长江北岸一条小溪边的马家大院里。每年夏天涨大水，浩荡的长江从我家大院近旁的上游处拐一个弯，直冲南岸鹰嘴岩的石山上，又折回北岸，形成回流，于是在我家大院附近的下游形成一个平静的水湾，秋天长江水退后，这个水湾自然成为一个山明水秀的大水塘，一片湿地的芦苇荡。这个水塘成为鱼虾繁殖的快乐天堂。但是，它们不知道灾难也即将降落到这个水塘里来。

深秋之际，北雁南飞，排成一字形或人字形的雁阵不断飞过长江的上空，其中一些大雁发现了下面的这片芦苇湿地，于是一群一群地降落在这个水塘里，在水面上扑过来飞过去，捕捉着塘里的鱼虾，叽叽喳喳地欢声叫着，看样子是准备在这个水塘边过冬了，这时，这里又变成了大雁们的快乐天堂了。

我们乡下把大雁叫作野鸭子，觉得它除开会飞，和自家屋里养的鸭子也没有多大的不同，只是比家鸭更为肥大些，杀来吃了，那味道也比家鸭更香。于是乡下人便都想着去捕那水塘里的野鸭子，既可以饱口福，又可以卖了换钱。

但是要像在水塘里捉家鸭那样，一下水便可手到擒来却是不可能的。野鸭子会飞，空手根本是捉不到的。于是出现了用土枪猎杀野鸭子的猎手。我们乡下的土枪是用五六尺长的铸铁管打造而成的，火药则是用本地旧土墙硝泥熬出来的硝粉，按比例和上硫黄和木炭灰制成的土火药。使用时在土枪里装上一点自制的火药，再放进一撮铁砂，在枪的扳扣上装上用竹麻绳做的引火线，一扣扳机，点上了火的引线烧到了火药上，便引发枪筒里的火药，发射出成群的铁砂飞向目标。这种枪本来是我们乡下用来上山打野鸡之类的山禽的，用来打水塘里的野鸭子，当然能行，一枪一只，甚至一枪两三只野鸭子。一只野鸭子重好几斤，拿到场上去卖，比一只家鸭值钱，野鸭子成为菜馆里的上等菜。于是灾难落到想在这里过冬的大雁身上，这个水塘又成为乡下猎手们的快乐天堂。

我们马家大院的娃娃们到大水塘边去看打野鸭子。只听猎枪一响，成群的野鸭子飞了起来，有中弹落水的，猎手们便高兴地下水塘去捞了上来，我们这群孩子也跟着分享了快乐。那时候，大家只知道野味好吃，哪里有什么保护野生动物的概念。

但是猎手们开始时每发必中的好运不长，过一阵子便打不着野鸭子了。猎手告诉我们，说是野鸭子变精了。他们说，竹麻绳做的引线点燃后会发出一种气味，野鸭子很远闻到这种气味，便飞开了，土枪根本够不到，有的甚至飞走了，不再飞回来。后来他们也做了改进，用气味小的麻绳做引线，还是不行，因为引线中火药的气味是去不掉的。据他们说，白天野鸭子一看人靠近水塘，便嘎嘎叫着，成群飞走了。只有晚上野鸭子回到水塘里休息时，悄悄摸到水塘，还可以打到在水塘边芦苇荡里睡觉的野鸭子。但是过不了多久也不行了。为什么呢？一个猎手告诉我说，晚上在水塘边的野鸭子群有放哨的野鸭子，一听到人的脚步声或闻到火药味，放哨的野鸭子便会大声嘎嘎叫起来，发出特殊的警报，正在睡觉的野鸭子便成群地远远地飞开了去。

我们不相信野鸭子会那么聪明，像人一样，晚上还会放哨。于是有天晚上，我们跟着那个猎手去偷看了一下，果然，还没等我们完全靠近，静悄悄的水塘边忽然传出嘎嘎的叫声，成群的野鸭子全都飞了起来，远远地避开了。那个猎手对我说得更神，他说野鸭子是有头领的，它会指定野鸭子们轮班放哨。说野鸭子有头领，这个我相信，那天上飞过的雁阵里的头雁便是。但说它会指定哪一个野鸭子去放哨，我却难以相信，但猎手告诉我说，野鸭的头领不仅指定野鸭放哨，还会惩罚放哨失职的野鸭子。他说他有天晚上偷偷去水塘边捉摸野鸭子的习性，岸边放哨的野鸭子没有发现他，未能及时发出警报。结果就有几只野鸭去围着那只放哨的野鸭啄，直到把它赶走，而另一只放哨的野鸭子又上岗了。对于他说的这个近乎神话的话，我是怎么也不相信的。

猎手们越来越打不着野鸭子了，菜馆里又催得急，要他们按时交货。于是他们在仔细观察了野鸭的习性后，想出了我们这些娃娃想都想不到的鬼点子。

什么鬼点子呢？这些猎手们都是游泳高手，他们用木瓢画成野鸭子的身子，再做个野鸭头装在上面。晚上把这个假鸭头戴在自己头上，老远地下到水里，学野鸭子的样子，潜游近野鸭群，然后用手在水下摸着一只野鸭的脚，抓住猛地拖进水里，拴在腰带上，然后再潜游远远地回到岸上。水塘里的野鸭群竟然不知道自己的伙伴失踪了。据告诉我的那个猎手说，他用这种方法，不止捉过一只野鸭，运气好的话，一次就暗暗捉了好几只呢。我听了这话，说不信吧，看他戴上假鸭头下水给我比试的样子，那假鸭头在水面上摇头点头，游来游去，还真像野鸭子在戏水呢，而且我也亲见过他捉到的好几只野鸭。

我们这些娃娃们只是佩服猎手的神机妙算，却一点也不觉得那些稀里糊涂被捉的野鸭子有多么可怜，直到那个猎手向我证明真有放哨野鸭失职被啄的事。

有一天，那猎手——他的名字我早已忘记，如果活着，也得一百好几岁了——提着一只看似病了的野鸭子来对我说："这就是一只放哨的野鸭，被我在水塘边逮到的。"他接着说，"成群的野鸭子都飞走了，唯独这只没有跟着飞走，它的头上和翅膀上有好多伤，飞不起来了。你好生看一下，它的伤是怎么来的。"我和正在院子里一起玩耍的小伙伴们一起围过去看那只受伤的野鸭子。它伤得不轻，头上的羽毛被拔了一些，翅膀被我们一碰，它似乎很痛，挣扎着想飞，可是它战战兢兢地站都站不起来。使我大为惊异的是看到它的眼睛，是那么无助哀恐。我的心里不知道为什么，突然咯噔了一下。这时我发现，不只是我感到震悚，连大院里素称顽劣的小哥，也似乎被那只可怜的野鸭子的眼神惊呆了。

猎手却似乎没有一点感觉，只想给我们证明："我说过的，你们不信，这只野鸭子肯定是放哨没放好，被领头的和别的野鸭子惩罚了，把它啄伤，然后不要它了。"

我们都不想和他辩论，我们关心的是这只可怜的野鸭子将面临的命运。果然，猎手抓住那只奋力挣扎的野鸭子的翅膀，提起就要走，显然他是照惯例要把它卖到街上的菜馆去。

我的心又是咯噔一下，不知如何是好。但素来对捉到的野物并不怜惜的小哥却突然拦住了猎手："你要拿到哪里去？"猎手反问："你说我能把它拿到哪里去？"小哥说："你说，你要好多钱，这只野鸭子我买了。"猎手笑着说："原来你们这些娃娃也想吃个新鲜，好，给你们了。"说罢，他把野鸭子扔在地上，扬长而去。

我们不约而同地蹲了下去，围着那只野鸭，却都不敢动手去摸它，害怕它又乱挣扎碰动受伤的翅膀。小哥说：“我拿回去给它养伤。”我这才放下心来。“要得!”“对头!”这是我们这一群小娃娃一致的声音。

以后的事，不用细说，小哥真的侍候着这只伤野鸭，直到它的翅膀开始有力地拍打，可以飞了。那段时间，我们几个娃娃几乎每天都要到小哥那里去看望它。再看那野鸭的眼睛，已经没有惊恐的眼神，虽然似仍有几分怀疑，但却并没有敌意了。

野鸭子伤好了，我们怎么处置它呢？小哥和我们几个娃娃还是没有争议地同意，把它送到大水塘，让它回到那里的野鸭群里去。

我们这么办了。只是原来它所在的那群野鸭子早就飞走了，它已不可能回到原来的群里去了，不知道这新的野鸭群会不会接受它呢？我们无法判断，把它放进水塘去后，我们便离开了。几天后，我们看到一群野鸭子排成一字阵向南飞去，一只野鸭子掉在队尾，隔着一些距离，但它在奋飞，我们都相信，它就是我们放飞的那只受过伤的野鸭子。

那个大水塘里，照常有许多大雁叽叽喳喳地飞来飞去，猎手们照常在那里捕杀野鸭子并且送到街上的菜馆里去，我们这群大院里的娃娃们还是照常看到天上有排成一字形或人字形的雁阵从长江上空向南飞去，可是至今，我一想起那只受伤野鸭的眼神，就会陡然心动。

2011 年 9 月

烟

如果我说我是个老烟枪，在十岁就开始抽烟了，你一定不相信；如果我说我抽烟抽上瘾是洋鬼子害的，和英国的“海盗”有关，你更会大为惊诧了。

然而这是事实。

我是乡下人，幼年一直生活在穷乡僻壤，村子里的那些大人差不多都会抽烟，正如他们都会喝酒，喝浓烈的烧酒一样。他们抽的是自种的叶子烟，收割来挂在绳上，变成黑黄色，或是板叶，或成索烟。那些大人差不多都有一支烟杆，烟杆有长有短，翡翠竹或湘妃竹的杆上，有精致的铜嘴铜锅，磨得精亮。有的则是铁的，或者是土陶的。他们劳动之余就是抽叶子烟，和着东家长西家短、何地神仙下凡、何地出了妖怪等种种的离奇故事，连着不断的解乏的哈哈笑声。我在他们身边听着，虽然闻辛辣的烟味呛人，却不想走。他们便用嘴喷烟给我，把我赶开，不准我听那些“荤”的故事，然而我总不想离开，他们便提出条件，不会抽烟的便没有资格和他们打堆，便有人送烟杆到我嘴边，强要我吸，我为了“资格”，也为了充好汉，硬接过来吸一口。我的妈，太难受了，呛得我咳嗽，流鼻涕，而且马上晕倒了，他们用水灌我，才醒过来。我真不明白，这么难吃的东西为什么他们人人会抽，并且嗜之如命？奇怪的是我后来坐在旁边，闻那烟味虽然呛人，却好像也闻到一点芳香味，有时便偷偷抱起奶奶的被我们擦得晶亮的铜水烟袋吸几口充好汉。可是家里大人是严禁小孩抽烟的，而且那辣味也实在不好受。

十岁时进城上高等小学堂，按当时的说法，就是秀才的胚子了。我们在城里的茶馆里，忽然发现茶馆方桌上放有一小盒一小盒的东西，一看，原来是“海盗”牌香烟，英美烟草公司出的，是送给大家吸的，不要钱。大人们开始都不敢吸，还有抽叶烟的老者告诫大家，那里面恐怕有鸦片，吸上瘾就脱不了手的。我们小孩却觉得有趣，去偷了回来，并且试着吸，结果就真的吸上了瘾，但再想去拿，却要钱买了。我们没有钱，哪里买得起，于是我们就用竹筒装上丝烟吸，大半是躲在学校的操场角和厕所里，有时被老师逮住打手心，带头的还被打屁股。放学回到家里，我们就去偷父亲的白铜水烟袋来吸丝烟，一边放着哨，轮流偷偷吸。就这样，一直吸到初中毕业，到北平去上高中时才开始买香烟来吸。那时，我只能买劣质香烟，结果劣质香烟吸多了，我开始咳嗽。

后来考上南京中央大学，彻底没人管了，我开始一天一包烟地大吸特吸。大学一年级接受军训，军训营里是不准吸烟的，我们很难受，于是几个烟友约好，互相放哨偷吸。有一次紧急集合，我急忙掐了烟头把烟放进口袋里，谁知烟火未灭尽，正站队时口袋里却冒了烟，烧得我肚皮好疼，教官故意整我，不让我灭火，可出了洋相了。

1937 年七七事变后，我们几个进步同学组织了一个农村工作团，到南京近郊晓庄去宣传抗日。我负责壁报，常常熬夜，便更放肆地吸起烟来。

和我一块办壁报的女同学刘惠馨很讨厌我吸烟，起初她不好说，只是在旁皱着眉头，用手不断赶开烟子。后来，当我们的关系开始发生质的变化时，她公开向我表示不喜欢我抽烟，下决心要监督我戒烟。那时我已不自觉地坠入情网不能自拔，自愿让她把我的烟盒管制起来，过两天减一支，代之以她买的水果糖，虽然有时烟瘾发作，难过得要和她翻脸，但我终于还是向她屈服了，因为我在精神上已经成为她的俘虏。在她强迫我戒烟的过程中，我们的感情越来越深，痛苦竟然转化为甜蜜，我真的把烟戒掉了。我们以烟为媒，成了夫妻。在后来四年多的时间，无论我们在不在一起，我都没有犯忌，直到她被捕牺牲。

小刘牺牲后，我十分痛苦，便用烟来解愁。吸得很多，一天要吸两包四十支，我咳嗽更厉害了。在解放前的地下工作时间如此，在解放后的繁重行政工作中更是如此。我的新妻子王放并不严令我戒烟，但是她却管制买烟，每天不超过十支，只准节余，不准预支，也不能存留，妻管严了。为了减少尼古丁的吸入，她叫我改吸高价的中华牌香烟。

然而都无效，我的气管炎真的发了，住进了医院。医生检查，发现我已成桶胸，警告我必须戒烟，不然活不过六十岁。出院以后在王放的控制下，屡戒屡犯，屡犯屡戒，后来王放晓以大义，说你要想多活几年，多做贡献，就下决心戒烟吧。我也说，是下决心的时候了。

于是我把烟盒、烟斗、打火机全部缴械，马上把烟送给朋友去“害人”。一些人看到那一听一听的“中华烟”，很乐意地接受了。我既受管制，又断绝了物质来源，再加以要短命的精神压力，真的把烟戒了。看来戒烟之道，根本是决心，什么减量，改吃什么烟，吃糖代替……都是没下决心的馊办法，那是根本戒不掉烟的。

我决心戒烟，而且勇敢接受考验。在“运动”中常开会，一屋子的人深夜抽烟，乌烟瘴气，人都看不清了。我坦然坐着，不接受别人送的烟，居然也考验过来了。后来成都米市长要我抽他送的高级熊猫牌烟，激我：“可见你没有勇气，要敢抽又敢不抽，才是好汉。”我敬谢不敏，说，我不当好汉，也不想上你的当。并劝他戒烟，以谁给谁写祭文来打赌。结果我赢了，他因肺心病先我而去，我为他写了祭文。可是我很伤心，好友被烟夺去了生命。当他弥留之际，我曾去看他，他呼吸微弱，不能说话，只是看着我，那样子，我猜想他是失悔吸烟，然而已经迟了。

2005年1月7日

酒

我不是酒徒，从不酗酒，甚至两杯入口，便有点双颊酡颜，不胜酒力了，应该说，酒和我实在没有多大缘分吧。

其实不然，酒对于我却关系巨大，甚至可以说我的人生命运系于酒。

要说到酒，先要从我的家世说起。我初发蒙读书，老辈人就告诫我，我们祖辈本是书香传家，得了功名的。那意图是鼓励我们努力读书，将来去赶考，求取功名。我相信祖辈人中有过取得功名的人，从我们幼童捉迷藏时，在旧楼上看到一乘官轿和“肃静”“回避”的大木牌就可以证明，我们还喜欢戴上那顶有红须和野鸡翎的官帽玩呢。再说，我们住的这个马家大院的大朝门上的大匾，是四川布政使送的。听老人夸耀，布政使是四川最高的官了。

但是这个曾经显赫一时的马家大院，却已经破落不堪，住有二三十户人家的后代，几代人析产下来，大半过着衣食不周的穷苦日子，虽然还撑着书香世家的面子，读书人已经不多，有出息的更少，一院子的破落户。

我的祖父是四个兄弟中的老幺，分得田产不多，他又生了四个儿子，田产再分下来，一家不过四五亩地，日子更艰难了。我的父亲是老大，他曾经在清末举办的新式中学堂毕业，还听说参加过辛亥革命党人的活动，他一直蓄着孙中山、黄兴等革命党人最爱蓄的八字胡便是证明。那些县里的和躲到县里来的革命党人大半去了日本，其中不少成为孙中山革命党人，有的且成了要人，父亲因家贫，无法去日本跟孙中山干革命，一直引为遗憾，他只捞得一个区督学的位子，日子过得也是紧巴巴的。因为他是老大，便决心把田产全分给三个弟弟，自己只分得一个祖辈传下来的造酒的作坊。说是作坊，其实只有一个“扶风记”的牌子和一堆酒坊破烂，还有就是一张制酒的秘方单子，这便是他立业的唯一本钱。于是，“扶风记”马家糟房便重新开张了。

我小时读点书认识几个字后，便奇怪我家的造酒坊为什么取名“扶风记”，马家糟房的“糟”一直读成“曹”？问老辈人，回答说“扶风记”大有来头。问我：“你知道扶风在什么地方？你知道马援吗？”我回说不知道。他对我的无知颇有些不满，说：“连这个你都不知道？马援，汉朝有名的伏波将军呀，我们就是马援的后代。他是陕西扶风人，所以我们烤酒的糟房叫‘扶风记’。”原来如此。我又不解地问，为什么我们烤酒的糟房只读糟字的半边，叫“曹”房呢？老人说，只能说“曹”房。四川的烤酒坊都叫糟房，他等于没有回答我。我想是忌讳那个“糟”字吧。

当我在启蒙读书时，马家糟房已经颇具规模，而且在四乡也有名声，在几个乡场上都开了小酒馆。每逢赶场日子，我家请的姓陈的管账先生就背起酒桶，肩上搭着装钱的褡裢，带着跟他做学徒的我的大哥从长江边坐船到市场上去卖酒。

在长江上飘飘荡荡地坐木船到乡场上看热闹，看酒徒来酒馆喝酒的醉眼迷糊样，是当时我们这些孩子的最大乐事。我们中间如果谁有一串压岁铜钱，大家一同到街边小馆吃一碗小面，或买几包盐黄豆边咬边逛，那就更高兴了。我有时也陪大哥忙着招呼酒徒，用竹筒做的量酒的酒提子在陶缸里给客人打酒，自告奋勇地做个临时堂倌，吆喝几声，颇为得意，觉得自己也算是小生意人了。

我家的酒馆特别兴隆，是因为我们马家糟房的酒是出了名的香醇醉人，那是用我家祖传的秘方做的酒曲酿造的好酒。那个神秘的酒曲方子，一张发黄且有些破损的药单子，只有父亲才有保存的资格。每年夏天，他把按秘方单子配好的各种药材铺在屋后小石坝上晾晒。那些曲药有一百几十种，在晒坝铺了一大片，很怪，其中还有蜈蚣、毒蛇、蝎子、蛤蚧、蚂蚁等虫豸。药材晒干以后，放在铁碾里碾细，和上酒米粉，做成酒曲子，洒进几种粮食蒸的糟子里，开始发酵煮酒，号称曲酒。乡里别的小糟房也来买酒曲去酿酒。

虽然酿酒的糟房多起来，但马家糟房的生意照样兴隆。为什么？有一次我听父亲对管账的陈先生和大哥谆谆告诫："马家的酒从不过河，货真价实，做生意买卖就在一个诚字，成家过日子就在一个朴字，'诚朴'二字就是发家之道。"我不懂酒不过河是什么意思，大哥告诉我说，就是酒里绝不掺水，一些小糟房往往赶场过河，暗地在酒桶里掺水，赚黑心钱。父亲说的这两个字的"酒经"，给我印象深刻，终生不忘，成家立业就靠"诚朴"二字。后来我父亲和乡绅一起办的农村初中，他做董事长，便把"诚朴"二字作为校训。

父亲好像并不满足于糟房的兴旺，他从烤酒剩下的副产品想出门道来，就是把酿酒附产的酒糟拿来养猪，以养猪为主业，酿酒为副业。因为养猪比卖酒更赚钱。父亲又添办一个粉房，买了一头马来，在粉房磨豌豆，用磨好的豆粉制成粉丝卖，不过他并不在乎粉丝卖钱，却是用磨豆子的粉水和酿酒的酒糟掺和在一起，变成很好的养猪饲料，可以较短时间把猪催肥。因为肥猪上市更能发市，于是他把猪圈扩大，到乡场上收购半大不小的猪仔回来，一槽一槽地养起肥猪来。卖酒卖粉丝成为副业，养肥猪反倒成为主业了。别的糟房想不到烤酒废料可利用，父亲却做到像现在生意人说的“人有我有，人无我也有”的生财之道。

当我十六岁在那个农村初中毕业后，父亲便把我和三哥叫到面前：“你们都给我滚出去，到外面读高中和大学，以后自谋生路。至于学费，我早就准备好了，牵几头肥猪上市，你们一年的开销就有了。”

眼泪汪汪的母亲埋怨父亲把才十六岁的娃娃都撵了出去，觉得太可怜了。父亲却说：“他们窝在这个山坼坼里头，当公爷，没出息。把他们撵出三峡，到外面大码头去闯去。”

于是我便靠父亲酿酒制粉养猪赚的钱，走出三峡，先到北平，后到上海，闯世界去了。

这就是我和酒的缘分。后来我在外边自立谋生，听家乡来人说，我父亲和大哥的生意更有发展，他们把养猪产生的大量粪便，用来栽培那长江河岸沙土地长得最好的果蔗，这种当水果吃的甘蔗在万县、宜昌、沙市一带很时销，每年砍了果蔗，装上大木船，顺流而下到宜昌、沙市一带去卖，可以赚大钱。父亲他们卖了甘蔗回家时，并不把钱带在身上，因为三峡一带抢船的土匪多，不安全。他们把钱交银行汇回，回家后再去取出，又可以扩大家业了。

父亲没有跟革命家去日本革成命，却和大哥在乡上酿酒、制粉、养猪、种蔗，用这种环环相扣生生不息的现在所谓的“循环经济”，作为生财之道，来成家立业，让我出去闯世界，真的革成命了。

2010 年 8 月 30 日

四川的茶馆

要说到中国的茶，就自然会想到四川的茶馆。四川的茶馆和四川人的生活，有不可分离的关系。有人说四川人一辈子有十分之一的时间泡在茶馆里，这个话在解放前来说，并非夸大之词。那个时候，城乡各地，遍布茶馆，不要说成都、重庆的大街小巷找得到大大小小的茶馆，就是在偏僻的乡场上，也必定找得到几家茶馆。如果是赶场天，比成都的茶馆还要热闹一些，茶桌子一直摆到街沿上来。

四川的茶馆，其实发挥着多功能的作用，集文化、经济以至政治的功能于一体。茶馆是大家喝茶、休息、亲谈、消遣、打发时光的好地方，也是作各种文化艺术享受的地方。在那里，你可以听到川戏，四川清音，说唱，摆龙门阵，扯乱弹，以至皮影木偶表演。当然，那里也是人发挥讲演天才的地方。在那里，大家可以高谈阔论大小事情，只要你不触犯墙上贴的“休谈国事”的禁令。在那里，你可以听到各种绘形绘声地描述着的大道小道消息。这对于那些人的思想开通，文才口才的锻炼，都是一种极好的机会。所以有人说四川人能言善辩，和四川人坐茶馆多有关系，这且留给学者们去研究吧。

四川的茶馆所起的最大作用是：作为一个交易场所，在经济上发挥着重大的作用。主要的生意买卖都是在这里进行的。你看那些喝茶的人伸出手来，在对方的袖子里捏着对方的手，那就是在谈一笔生意。在成都，有许多茶馆专门用来作各种行业的交易场所，在那里就是那一种行业的市场了。在这种茶馆里，设有雅座，有茶喝，有点心可吃，还可以摆酒宴请客。谈生意，十分方便。

我说茶馆可以作为文化和经济活动的场所，你可以相信；但是我要说四川茶馆也可以作为政治活动的地方，你大概就不大相信了。你说政治活动总是搞阴谋诡计的，只能在密室里进行，怎么可以在稠人广众之中谈论呢？那是你少见多怪了，在成都这个政治中心里，有许多政治活动诚然是在官老爷们的衙门里，公馆里，酒席桌面上，鸦片烟铺上，一台台的枕头边，或者枪杆子尖上解决。但是也有一些政治活动，比如卖官鬻爵，却总是由拉线的人在茶馆里和买官的人见面讲价钱。在少城公园里有一个鹤鸣茶馆，便专门进行着这种买卖。在许多茶馆里也进行着严肃的政治活动，比如我们那时候进行地下革命活动，就常常利用茶馆作为接头和开会的地方。

四川的茶馆可以分为几个档次，有少数是为高等的人提供特别服务的高级茶馆，有点像外国的高级咖啡馆。也有一般设备但比较宽舒，供应较好茶叶的中等茶馆，这种茶馆在城市里比较多。最多的是在乡镇和码头以及幺店子里的大众茶馆，却给下力人提供了歇脚的地方。当然也可以进行各种交易活动。无论哪一档次茶馆都有一种传统的特点，那就是花费不多，却可以较长时间地占用茶桌。只要花上几分钱，就可以让你在那里坐它半天，办你的事情，不断有人给你上开水，还有瓜子花生和点心让你买来吃。有的人甚至中午把茶碗扣上，给茶馆打个招呼，可下午再来喝，方便得很。有的茶馆里摆得有躺椅，你可以在那上面舒舒服服地睡上一觉，只要你睡得着，不会有人来打扰你的。至于公园里，几乎到处都有茶座，你可以休息、闲谈、打牌、下棋、睡觉，还可以去游玩。总之，四川的茶馆，实在是一个舒服的去处，是生活中绝不可以缺少的。

当然，四川的茶馆也是藏垢纳污之所。且不说那些看相、算命、卖春宫、售假药、拉皮条的人，以茶馆作为他们的活动场所，那些黑社会势力更是以茶馆作为他们的大本营，许多有点名气的茶馆，本来就是黑社会势力的头子们开的。他们窝藏盗匪，私运枪支和鸦片，买卖人口等等罪恶活动，都是在这种茶馆里策动和进行的。有时候那里也是那些黑社会势力之间进行妥协谈判的地方。他们叫作“吃讲茶”，谈得好倒也罢了，谈不好往往就叫枪杆子发言，在茶馆里乒乒乓乓地打了起来，血肉横飞，殃及无辜的茶客，真正想寻找清闲的茶客是不到那种茶馆去的。他们多是到公园或者僻静的小茶馆里去，找一个清净的角落坐下来，细细品茶，听说书，看各种社会相，自寻其乐。就是那茶倌提起晶亮的铜开水壶从一尺多高处往你茶碗里倒开水，一滴不洒的功夫，就够你欣赏的了。那铜茶船摔在桌上的声音和那各种各样的叫卖声交织在一起，就是很好的音乐。这样的文化享受，是可以提高人的精神境界的。

可惜的是解放以后，茶馆被认为是藏垢纳污的地方，是前朝遗老遗少们迷恋过去的地方，是浪费群众宝贵光阴的地方，总而言之是不革命的地方，必须坚决地加以消灭，而且必须迅速地干净彻底地加以消灭，于是茶馆都被关闭了。虽然老百姓感到不方便，有意见，可是那个时候的老百姓，对于领导的一切号召都认为是革命的需要，无条件地服从。其实当时的有识之士就认为，茶馆这种地方，是可以取其利避其害的。那些乌七八糟的东西，固然要彻底消灭，可是茶馆却可以作为一个文化活动中心，作为对老百姓进行宣传教育的地方，最容易为老百姓所接受。可是在几十年马不停蹄的运动岁月中，谁还有心思去说这些，于是茶馆几乎从四川的大地上消失了。在供应茶水的地方，也只见旅行用的口杯倒茶水解渴，过去的盖碗茶再也不见踪影了。我记得是60年代初，朱德总司令到成都来的时候，他要喝盖碗茶，并且批评四川关闭茶馆，取消盖碗茶的不当，我听了十分兴奋。可是也不过兴奋一下而已。茶馆终究是不革命的标志，而“文化大革命”以来，那就作为“四旧”，理应加以消灭了。只是到了80年代，思想开放和改革开放的东风吹起来以后，茶馆才在四川城乡大地如雨后春笋般冒了出来，而且更加兴旺发达起来，成为人民进行经济文化活动的方便场所。自不必说，盖碗茶也已恢复了。

我已经不记得有几十年没有进过茶馆了。在那些年代里，我有公职在身，自然不敢到茶馆里去寻求那些失落的日子。到了80年代，我工作真忙，无暇常去茶馆里欣赏那些欢乐的景象。直到今年，我忽然得到了意外的清闲，虽然一时不免有落寞之感，但终于免除了“心为形役”的苦恼。到了老之已至的七十五岁上，才悟出了无事乐的道理，尝到了“一身轻”的快乐。我终于得到了去茶馆里寻找那些失落日子的机会。我去了，那些五光十色的景象，倒没有引发我多大的激动，但是的确把我带进了过去的这种茶馆里进行革命活动的回忆中去。不管那个时候的生活多么艰险痛苦，不管多少同志在茶馆被捕牺牲，回想起当时的战斗生活仍然使人留恋不已，那才叫生活哩。我没有想到，茶馆竟成为我现在寻求快乐的地方。然而这也说明，我的确是老了，早已该被抛出历史的轨道。我在茶馆里能寻求到的快乐，也不过是“夕阳无限好”的快乐罢了。

1990年2月

我的上海情结

一

如果照时新的说法，对什么迷恋就叫什么“情结”的话，我要说，我有“上海情结”了。

20 世纪 30 年代初，我曾经把我的一段青春时光，抛掷在上海这个国际大都会里。上海，不仅让我这个四川农村的孩子，在这里求得真才实学，使我得以进入中央大学去深造，更重要的，使我在众多进步书刊的熏陶下，受到进步思想的启蒙，参加了“一二·九”爱国学生运动，从此决定了我一生的人生轨迹，我走上了革命的道路。

在上海那几年的青春生活，至今还常常来到我的梦中。

1992 年我到上海为巴金老祝九十大寿，回到上海。我为上海的日新月异，繁华昌盛感到欣喜，也跟同伴们去逛大马路，看外滩夜景，欣赏东方明珠，穿行悬索大桥，还到浦东新区去观光，到高桥保税区看热闹。大家都为上海的变化之大赞叹不已。我当然也一样。但是我却有另外的情结在这里。我在宾馆得闲的时候，一个人便溜到原来法租界那些古老的弄堂，去寻找我住过的石库门老房子。虽然没有找到，却到那些依然如故的梧桐小道散步，去捡回我失落在那里的脚步。华灯初上的傍晚，在从梧桐树枝缝洒落下来的灯光下，一个人踽踽而行，可以听到自己的脚步声。这感觉真好呀，就像又回到了我十八岁的青春年代。

人说，到上海不到浦东新区去走走，等于没有到上海。我也跟同伴们坐小车过杨浦大桥，直奔高桥，去看保税区。他们兴致勃勃地看稀奇，我却很想去看看海滩。那里曾经是我们当时夏天常去做海水浴的地方。那温暖软和的沙滩，那汹涌的浪涛，那寥廓的海天一色，令人心旷神怡。那里现在怎么样了呢？但听说那里已经隔断，过不去了。

我们继续驱车南行，去看南浦大桥。我却坚持要先去六里桥，去看看我的母校浦东中学。浦东中学当时在上海是比较有名气的中学，由一个叫杨斯盛的木工发了财出资兴办的，黄炎培任董事长。据说有不少名人在这学校上过学。至少我听大科学家王淦昌说，他就是从浦东出来的。我在那里上了三年学，在那里决定了我的一生。五十几年过去了，现在怎么样了？我得去看看。

车到六里桥，我下车在桥上引颈瞻望，景象完全变了，我已无法辨认。唯有那条通往黄浦江的小河，仍然在平静地流淌，沿远远的杨柳岸逶迤而去。那船码头也还在。我们就是从那里上小火轮，出黄浦江到斜对面十六铺上岸到上海租界去的。

我走进浦东中学大门一看，校容已经面目一新。原来的木质教室楼和宿舍早已不知去向，在我面前的都是焕然一新的大楼。唯有操场还是老样，许多学生在那里打篮球，我似乎在其中看到我的身影。我急于再去瞻仰杨斯盛的铜像，走到校园里的小花园，却没有看到铜像，问起来才知道已经挪了地方。我们被带到铜像前，向这个志存高远的木匠鞠躬致敬，并在那里照了相。

我还急于找到杨家院子，我记得就在校园背后的河边，凭着记忆，竟然把那个老房子找到了。那房子已经很破败，我却依依不舍地看了一阵。因为我在那里租房住过半年。“一二·九”学生运动时，我们曾经在那里油印过传单，策划过同学们一起过江到上海参加学生爱国示威游行。记得那时我们打起爱国抗日的旗帜，排队走向南码头，但还没有到码头，便被警察和便衣特务包围了，怎么也冲不出去，全被押回学校。后来上海学联的领导批评我们太笨，竟然不懂得打游击的办法。以后我们得到通知后，便化整为零，三个两个地自己乘小火轮到上海，到了开会地方，才集合打出旗号，参加游行。

我们的爱国行动却不容于正在和日本讲亲善的国民政府，我们学校中一群被国民党上海市党部唆使的同学，暗地里在军事教官的指挥下，向我们故意寻衅，打起群架来。他们人多势众，把我们赶出学校，我们只得到大学去寻亲靠友暂时躲避。然而这却更加坚定了我们参加抗日救国运动的决心。这便确定了我的人生道路。

我走马看花地在校园里走了一圈，走出校门，却忽然想找寻我过去曾经常去光顾的小面馆。那汤面的味道仍然使我想起来流口水。还想去寻找那个专门做夹肉芝麻烧饼的小铺。我明知这是徒劳的，然而还是站在那里呆看一阵。六里桥，我又回来了。那乡村小路上咿咿呀呀唱着的独轮小车还有吗？那在小溪边靠牛力吱吱转动的水车还有吗？我想，那“杨柳岸晓风残月”的风景，无论时代怎么变，总还是有的吧？啊，想起来了。就在这条小河上，我们坐上由小姑娘摇着橹的船，在小河上的港汊里缓缓而行，我们少年同学，唱歌欢笑，互相打闹的往事，永远不会从我的记忆中消失。

我们从南浦大桥过江回到宾馆。虽然身体疲乏，可是我不等吃晚饭，便一个人溜了出去，想自己去逛街。我来到南京路，只见霓虹灯满街闪耀，彩灯通明，更比旧日繁华。但我的目的地是四马路，当年那里书店林立，我每次进城是必去的，往往在那里的书店里流连忘返，寻找那些进步书刊，像海绵一样，吸收新知识，坚定自己走抗日救国道路的决心。但是我来在四马路，书店虽不少，却都已经关了门，很是憾然。我回到二马路，随意而行，使我惊奇的是那里仍然有卖“菜饭”的小铺，还正开着门呢。这“菜饭”是当时我每次到上海必吃的，价廉物美。不想半个世纪过去了，我还居然在上海老地方又吃到“菜饭”！那不是吃，是享受一种回忆的情趣。我吃了很久，才把这一顿夜饭吃完。店员都不知我这老头怎么这么慢嚼细吃，长久不愿离开，已经过了打烊的时候了。

啊，上海，是在我的脑子里记忆积累最多的地方。短暂的旅程，无法让我去一一寻找我失落在那里的脚迹，徐家汇、江湾、吴淞炮台……都无法去了。但是我终于在造访朋友的余时，一个人坐车从北四川路到了虹口公园。我想去重访鲁迅故居、内山书店和鲁迅墓。过去我曾拜访过的西郊万国公墓中的鲁迅墓，听说已经搬进虹口公园了。我东问西问，终于打听到鲁迅故居。我从弄堂进去，却没有开放，说是尚在装修。我十分遗憾地离开那里，想去寻找我过去曾来买过书的内山书店，却没有找到。又一个遗憾。幸得我到底走进虹口公园，走进鲁迅的墓园。这和我过去看到过的鲁迅墓大不一样，气派多了。许多游人在参观。我一个人坐在石条凳上，在西下的夕阳光照下，在那里享受回忆的快乐。1936 年 10 月，在宋庆龄、巴金、茅盾等人的带领下，群众为鲁迅送葬的景象又回到我的面前了。太阳西下，游人已少，我到鲁迅墓前鞠躬致敬后走出公园，回到宾馆。

这次到上海，捡拾了不少我洒落在上海的脚迹，勾引出我无穷的回忆，然而并没有解开我的“上海情结”，相反的，这情结缠得更紧了。

现在，我已年届九十，风烛残年，此生还有机会到上海去解开我的“上海情结”吗?

2004 年 5 月 25 日

二

上海一家媒体的朋友到四川来看望我，和我聊起上海，再次打开了我对上海的记忆。那里，有我青春的足迹，那里，是我人生的转折点，而且那里，也是我第一次发表作品的地方，从此开始了我七十多年的文字创作生涯。

上海，我想念你。

我想念你昔日的风光，也想念你今天的辉煌。我从电视上看到黄浦江两岸不夜城的景色，外滩宽阔的马路更加气派了，对岸那颗东方明珠多么璀璨，林立的大楼如雨后春笋伸向云霄，被灯光照得如同白昼，远非当年认为最繁华的满街霓虹灯的南京路可比了。不过我仍然怀念在当日霞飞路一带静谧的林荫小道上散步，谛听小院传出钢琴声令人迷醉。我更怀念坐落在浦东乡下六里桥边的母校浦东中学的春光，在那两岸杨柳和桃花小溪中荡舟，是多么惬意，中午在田野水边听那水车不停转动的嗡嗡声，真令人昏昏欲睡。夏天休假，三五同学，骑自行车一路兜风，到高桥海滨浴场，或乘风破浪，或谈古说今，也是赏心乐事。甚至校门口小铺的夹肉烧饼和大碗汤面，至今仍令我口颊生香。多么令人难忘的青春生活呀。说到母校，当然更令我怀念和遐思。那是一所由一个叫杨斯盛的上海木匠醵资，黄炎培创办的私立中学。办得很好，我就亲听校友著名科学家王淦昌院士告诉我，这中学出了不少名人。那真是一个伟大的木匠。高深的课程设置，严格的教学老师，我的学识就是在这里奠定基础的。

当然，我最怀念的还是上海的人，我怀念我的老师、同学、前辈、引路人和众多的朋友。可惜大都谢世，健在的寥寥无几。难忘的巴金老，1993 年我还到上海为他祝九十大寿，谈笑风生，其后他在杭州疗养，还给我送来签名新出的书，可惜不久他便入院，直到他去世，我因病没有到上海为他送行，只写了一篇《告灵》派女儿送去，在灵堂读给他听。在上海还有革命和文学前辈如曹荻秋，我们在一块工作和战斗过，每次到上海都要去看望他，谁知他后来和我同时落难，早早冤死，再未见面。还有如陈沂、夏衍、石西民、王致中、杜宣、张骏祥、罗洛等同志，虽然“文革”后都见过面，却都先我而去，特别是周而复，我们都算是业余创作最多的作家，往来较多。我们在中央党校高研班同期学习时，朝夕相处，无话不说。我们交流了文学创作的甘苦和文学领导工作的经验。后来几次见面，诉说衷曲。他去世前还在病床上给我发来贺年卡，然而我收到时却已得知他去世了，伤哉！现在上海我认识的尚健在的朋友，除开文艺界还有如巴老的弟弟李济生、女儿李小林和叶辛、白桦等作家和大导演谢晋外，想得起来的恐怕只有李储文章润媛夫妇了。他们二位都是六十几年前和我在一块革命的生死之交，除电话不断，也有十几年未见了，想念得很。

中国的传统风俗，一个老人离去以前，总要回到他生活过的地方再走一回，四川叫“踩脚迹”。我什么时候回到上海踩脚迹呢？我虽然年逾九十，日薄西山，却还没有气息奄奄，我还想争取 2010 年回到上海看世博会呢。那么，上海的朋友们，2010 年，我们再见。

2006 年 6 月 24 日

光阴似箭，日月如梭

记得小的时候，我在一个三家村的私塾里读“子曰诗云”。几乎每过两天，老夫子就要命题作文，我们这些娃娃学生深以为苦。我咬着笔杆望了一阵天花板，又望一阵窗外的飞鸟和行云，似乎都无助于招来我的灵感。没奈何只得在自己的小脑袋瓜子里去搜寻各种陈词滥调，凑成一篇作文交卷。最容易被我搜寻到的陈词滥调就是“光阴似箭，日月如梭”。这就是我作文时常常流出我笔端的头一句话。似乎只要写下这句话，灵感就会源源而来，下面的文章就可以顺流而下地写出来。而且为了加强语气，在前面还要加上一个感叹词“呜呼”。自不免在文章末尾还要加上“念日月之易逝，叹人世之无常”一类毫无真实感情的感叹话，正如辛弃疾的“少年不识愁滋味，为赋新词强说愁”一样的无病呻吟。

其实那个时候，我一点也不感到日月过得似箭如梭，更不知人世有常无常。相反地倒是感到时间过得太慢，好像已经凝固在郭老夫子的那块古色古香的怀表上了。看看日已当午，他还不宣布放学。春去秋来，寒来暑往，老盼不来那快乐的年节在爆竹声里到来，这读书的日子真是难过呀。

我真正感到光阴似箭，日月如梭，是在长大以后。每天忙进忙出，人事竞逐，总觉得时间不够用。我感到还没有做出一点事情，一转眼却已经从翩翩少年，匆匆跨过年富力强的壮年，不觉进入垂垂老矣的衰年了。对我的称呼也从小马到老马又到马老了。春花才开，秋叶已落，“才见荷塘擎雨盖，已惊亭畔落梅香”了。我就这么在成都过了大半辈子，早已跨过古稀之年的门槛，步入耄耋之年的风烛危境。

到了这样的年纪，又领到了光荣的离休证，该是我息隐里巷，安度晚年的时候了。可是我却不愿去喝茶，品酒，在楚河汉界边展开无声的厮杀，或者去修筑桌上长城；也没有到老年活动馆去学风雅，写字作画，锻炼身体，学气功，跳老年迪斯科；更没有去从事高级候鸟活动，暑天飞北，寒冬向南，游遍天下名山大川；或者孜孜于寻求长生不老的单方、秘方，配制千奇百怪的补药，企图到期抗命不去报到。我却还是这么劳碌奔波，不知老之已至。为小事情生气，和人争论，有时候看不惯，关起门来发牢骚，骂娘。这也罢了，却千不该万不该在报屁股上去发表什么不痛不痒的“盛世危言”，叫人读了不舒服。这下可好，先为了一篇并无所指的短文，被人对号入座，扭到上官面前，挨了一场冤枉官司，不了了之；还不接受教训，又因一篇短文，闯到了风头上，这一下可不得了，挨了一些以改造客观世界又改造别人的主观世界为职业的改造专家们的追究，又批又斗，以至有人申言要把我革出“党门”，弄得我一年多寝食不安，犹如刀板上的肉，听任宰割。快八十的人，还受这样的改造，挨了一顿板子，所为何来？

这一次的教训对于我是太深刻了。过去受过许多磨难，碰过许多钉子，总不觉悟，还以为自己是出于为国为民的一片丹心，弄到了日薄西山，才悟出杜甫那句诗：“自古文章憎命达。”才知道历史上文字狱之可怕。当今清平世界，朗朗乾坤，当然不再搞文字狱了，但是如果不谨言慎行，一言之失，可以误国，罪过大矣，会给自己带来意想不到的后果。

“前车之鉴，你们不可不察呀。”我对儿女们说，他们却莫名其妙地笑我。我问为啥？他们以为我太迂，说我过去太天真，没有学会在哪个山上唱哪个山的山歌；现在一朝被蛇咬，却又十年怕井绳，竟然不知道历史是向前发展的。时代到底已经完全不同了。

呜呼，光阴似箭，日月如梭，大概我真的是老了。

1996年

往事犹堪回首

北京大学九十周年校庆的时候，我被通知回到北大参加庆祝活动，曾被引到图书馆去参观。嗬，好气派的建筑，好漂亮的阅览室，更叫我吃惊的是，好丰富的藏书呀。马上使我回想起抗战时期在昆明西南联大的图书馆来。那是多么简陋的建筑，多么拥挤的阅览室，多么有限的藏书呀。然而我并不为此而感到寒碜，感到可怜，感到害羞。相反地，我相信凡是在西南联大上过学的北大老校友，永远不会忘记那个图书馆，甚至会引以为豪。就是在这个简陋的图书馆里，有多少莘莘学子，朝夕在那里攻读，成了多少现在闻名于中国和世界的学者和专家呀。

西南联大图书馆坐落在联大校园的中央。在它的前面有一个立着旗杆的大草坪，这就是有名的民主广场。在它的周围排列着一排又一排的泥坯草顶矮屋，这就是我们的教室和宿舍。和这些教室和宿舍比较起来，图书馆算是最为高大的瓦顶建筑，真是巍然而立，雄视左右了。其实它不过是一座高不过十几米的砖木结构的大房子罢了。走进大门一看，在木柱间密麻麻地摆着几十张长方桌子，就这么一间大阅览室。在中间靠后是借书取书的柜台。在每一张桌子上，几乎每天都是坐得满满的学生，聚精会神地攻读，大家都能自觉地保持安静。因为顶上是看得见的瓦片，还开着许多通气窗，夏天很热，冬天很冷，是不言而喻的。可是即使汗流浃背，或冷得发抖，每天大家都为争得一席之地而奋斗，要不是上课，或者肚子在呼唤到图书馆后的大食堂里去，谁也不想放弃这一席之地的。

阅览室里的座位当然是不够的，于是很多人借到书以后，便三个两个地到文林街一带茶馆里去，泡上一碗茶，消消停停地读起书来。实际上联大周围的这许多茶馆，都成为联大的阅览室了。在这样的阅览室里读书，虽然每次要花相当于现在的几分钱，可是却有许多优越性，可以喝茶，可以相互切磋，可以高谈阔论，还可以打打桥牌或走走象棋，松快一下。

联大图书馆的书当然是不太多的，在战乱中要从北京运出很多图书到遥远的昆明，是不可能的，但是大家经常需要阅读的参考用书，还是够用的。那时每一个系里还有一个不大的图书室，指定学生们必读的书，大体上是有的，甚至还拥有别处没有的善本书。我在中文系图书室里就看到过一部王国维的线装本《观堂集林》，在外文系图书室里看到过一整套《企鹅丛书》，各国的著名文学作品全有了。然而对于图书馆做了最切要补充的是教授们自己家里的藏书和稿本。教授们总是把最好的书借给自己青睐的好学之徒，而教授本身当然就是学生们读不完的一部大书。那些教授都学识渊博，成一家之言，而又保持北大的老传统，“弟子不必不如师，师不必贤于弟子”，教授们在课堂上，在自己的蜗居里，和学生们如切如磋，如琢如磨，是常有的事。

想起西南联大的图书馆，不能不联想起图书馆前面的那块草坪。那就是这所当时以“民主堡垒”闻名海内外的西南联大的“民主广场”。就在这个广场上，曾经演出过多少威武雄壮的民主进行曲，那是联大师生的民主讲坛，也是师生们为民主而上街去示威游行誓师的地方。那里曾是“一二·一”惨案中敌人屠杀学生的屠场，然而更是锻炼出许多民主革命斗士的战场。这些斗士后来都成长为各条战线的知名人士，现在还在北大工作的就不少。我想他们是不会轻易忘记那个曾经给他们以知识的图书馆和给他们以革命启蒙的民主广场的。

1988 年

我的老年观

真是光阴似箭，日月如梭，忽忽然我在这个红尘里已经走了八十年，而小时候和小伙伴们爬树掏雀窠烧雀蛋、夏夜在长江边偷鱼在小船上煮鱼汤吃的顽劣往事，还历历在目呢，我的儿孙辈却在我的客厅里布置寿堂，要开家宴为我祝八十大寿了。

七八个诗词吟友，在草堂诗圣门前知青苑里小聚，饮酒谈诗，兼为我祝寿。要我执刀切生日蛋糕，我竟一口气吹灭了八十支小寿烛，都说我的中气颇足，长寿之兆也。有人说："把你的八十倒过来，就变成十八岁了。"另一位戏言："那就可以刻一个闲章'十八娇娃'了。"八十开外的刘君慧老教授插言："等你到了八十八岁，还可刻一个闲章曰'二八佳人'的。"在说说笑笑中，酒酣耳热，恍兮惚兮，如在梦幻中。我当场张口可以吟自寿诗，提笔可以为知青苑写大字，恍兮惚兮，如在梦幻中。于是我在老朋友面前自鸣得意，说："我吃得，睡得，走得，干得，有这四'得'，不知老之已至呢。"朋友们也顺势给我脸上刷糨糊，说，看你的言行举止，不过七十岁。有的甚至凑趣地说，哪里有七十，从你的思维敏捷，口齿清楚看，不过六十几岁。于是我的自我感觉越发良好了。

我哪里老了呢？

回到家里，酒醒神清，医生的话却在我的耳际响起来：“你到底是八十岁的人，已经老了呀。”原来是在这次聚会前不久，我因文债所迫，赶写了几篇千字文，忽然“玉山倾倒”，我昏了过去。弄到医院去住院检查，其实我已完全清醒，复归正常了。我实在不奈医院那种生活，想要回家，医生便和我进行一次严肃的谈话，以充分的证据说：“你这次只是昏倒，没有酿成脑血栓。这倒好，是给你发一个信号，告诉你，再不注意，是可以出‘脑意外’的。你的确已经老了呀。”

怎么？难道我真的老了吗？

然而岁月无情，事实就是这样，我的生命之树的年轮已经有八十圈了，不承认这个事实，不承认老，是不行的了。如果以为自己的精神状态好，身体也还可以，便不会老，便可以不服老，恁自我感觉良好，便去办自己力所不及的事，那就是唯意志论。我们过去因为唯意志论，以为精神可以代替物质，办了许多傻事和蠢事，受到客观规律的惩罚。我这次也因此受到小小的惩罚，不注意还可能受到致命的惩罚。

我深信我们办事，是要有一点精神，这是出自经典的话。一个人如果因为年纪稍大，身体上发生一些生理变化，便打不起精神来，甚至惶惶不可终日，以为死神正跟在自己的后面，追踪即至了。于是精神困顿，无病大养，小病大治，东南西北，到处追寻各种长生不老之术，有些甚至是极其荒谬近乎迷信的方法，想以此来延续生命。或者以为时不我待，人生能得几时欢，且尽情地寻欢作乐吧，哪怕花掉国家大把的票子。结果往往适得其反，徒然加速衰老，招引死神提前到来，缩短自己的生命。辩证法就是这样地无情。

但是我们如果做过了头，以为只要打起精神做事，和时间赛跑，忘掉老，不怕死，也不爱惜身体，这同样会促进衰老，加速死神来叩开自己的门。一个人年纪大了，身体逐渐衰老，这是一个客观的历史过程，是不以个人的主观意志为转移的，至多可以争取延缓这个过程。

我终于觉悟了，到了我这样的年纪，要服老，但是又要不服老。也就是说，听天命，尽天年。所谓要服老，听天命者，就是承认人是要衰老和死亡的，这是一个自然过程，听候时光老人的安排吧。所谓要不服老，尽天年者，就是要对于衰老，泰然处之，精神状态良好，凡事不用着急，一切听其自然，保持达观开朗的心胸，努力锻炼身体，和社会保持接触，适当参加社会活动，发挥余热。做到老有所养，老有所好，老有所为，直到油干灯熄，归于自然。果能如此，也许真的能长寿。

于是我总结一下我的长寿之道。我的长寿之道，就是达观开朗，寡欲清心，无悔无愧，不惊不惧，我行我素，尽心而为，量力而行，老有所养，老有所为，老有所好，老有所乐。无病锻炼，有病求医，不要自以为是，满不在乎，然而又时刻准备着，听候召唤。

这可以说就是我的老年观，这是去年老年节时的总结，现在录出来寄《晚霞报》，虽然卑之无甚高论，或者也可供老年人参考吧。

1995 年 6 月 12 日

九九老人漫谈长寿诀

我没有在《晚霞》上发表文章，已经有很长时间了，我向《晚霞》的老年读者朋友们说一声：久违了。我今年已经九十九岁，去年在北京和一些老朋友聚会于东坡餐厅，白头相见，肴觥交错，酒酣耳热之际，大家为我这个老大哥祝寿，人家都说我头发虽然尽白，却还面色红润，思维敏捷，声音洪亮，步履坚实，肯定将为我祝百岁寿筵。我说，我也将为活过百岁而奋斗。我还自夸说我有“五得”，就是“吃得，睡得，走得，写得，受得”。我什么都想吃，我上床就能入睡，很少失眠，我走路因视力减退怕摔跤，虽要人扶，但还能缓步前进，写得，我头脑还没糊涂，还能写点文章。这“五得”中最关紧要的是“受得”，人要活得久，敢把气来受。要对什么事都能提得起，放得下，胸怀宽广，达观应对。我这一生经历过的劫难，可以说是数不胜数，然而我活过来了，没有过不去的火焰山。大家都说，有道理。

有的朋友问我的长寿之道，我便自告奋勇地把我在《晚霞》上发表过的《长寿三字诀》，念给他们听，大家也都说好。我说，经过这许多年的实践，我也觉得对一些知识分子老人还适用。不过我以为还应该作一点补充说明，于是我先念我的《长寿三字诀》，再加以说明。

不言老，要服老。
多达观，少烦恼。
勤用脑，常思考。
勿孤僻，有知交。
能知足，品自高。
常吃素，七分饱。
戒烟瘾，饮酒少。
多运动，散步好。
知天命，乐逍遥。
此可谓，寿之道。

我的说明是，第一条，“不言老，要服老”。老人们碰到一起，总爱说老了老了，我有这个病，你有那个病，不行了，然后交流，你有什么秘方，他见什么神医，我见报上有好药，说不完的老，叹不完的气。这不好。老人当然会感到病痛，怕病怕痛，再说再怕，也没有用，还是老实地到正规医院看病，听医生的话，该检查的就检查，该吃什么药怎么吃就怎么吃。不要自作主张，更不要相信什么神医，什么灵药，什么妙方。不要走邪门歪道，不要听花言巧语，不然一定会加重病情，加速死亡。对老人每年一次的常规体检，一定要参加。

我说第二条，这一条十分关键，“多达观，少烦恼”。人的一生都说不如意事十之八九，到了老年，烦恼更多，要想长寿，在于达观。我在本文开头谈我的“受得”时，已经说得很清楚，兹不赘言。请记住古话：“事在人为，休言万般皆是命；境由心造，退后一步自然宽。”

第三句，“多用脑，勤思考”。年老离退休，事情少了，乐得清闲，懒得用脑思考问题。这样不好。人的脑筋越用越灵，不用就越来越迟钝，以至倾向痴呆，严重的患老年痴呆症，莫想长寿了。我就是养成习惯，关心国家大事。早上在床上听新闻联播，晚上十点钟上床前看电视新闻，雷打不动。上午看一份报纸，翻几本杂志，读有兴趣的文章，或者动笔写点文章，或记日记。我自然是充分利用我的脑筋，勤于思考了。我不希望都像我这个作家一样，但一定要用脑，哪怕回忆过去，评长论短也好。

下面“勿孤僻，有知交”这一条，对老知识分子更重要。离退以后，闭门独居，门庭冷落，思想钻牛角尖，孤僻成性。如果你不能在家里含饴弄孙，给第三代小家伙当牛做马，一生总有几个知心的老朋友，何妨出门访友，或者约友聚会，谈古说今，品茶喝酒，说点趣闻，发点牢骚。如果有兴趣，相约作方城之战，或钓鱼，或游山水，尽兴寻乐。

下面有关饮食运动这几条，老人尽知，只是能完全做到的很少，我也在内。毛病是一曝十寒，关键是持之以恒。不过我想强调一句，抽烟人以为乐，我以为是催命符，必须坚决戒掉。我还想对运动说点看法。或散步，或急走，或参加群操，都无不可，量力而行，不求急效。不愿外出，在家里一样可以运动。不一定照书上画的比画，老是走样，还不如自编一套适合自己的体操。我就是自编一套软体操，每天早上活动半小时，中午饭后百步走，晚上睡前热水泡脚，上床前做点小活动，也就够数了。

最后关于“知天命，乐逍遥”这一条，有人问我什么意思，我说的天命，就是自然规律的意思。人的寿命长短，是由许多不以个人意愿为转移的客观因素造成的。虽然我们可以发挥一些主观能动性，但已经加于自己的身体趋向，只能去接受，只是应该保持认命的乐观逍遥情绪，走向自然归宿。

这就是我对我的《长寿三字诀》的补充说明。

2012年重阳节

百岁感言

“百年恍似驹过隙，岁末年头感慨多。”这是我新年开门说的第一句话。

不警不觉，我忽然年满一百，照四川的俗话说，今天开始吃一百零一岁的饭了。回首百年，感慨良多，却不知从何说起。想起去年我进入一百岁时，在成都办了一次书法义展并将全部收入捐给了四川大学，还出版了一本书法集，中国作家协会又为我在北京办了一次书法展，许多作家光临观赏，不胜荣幸。还有著名的三联书店为我和家兄分别出版了《百岁拾忆》和《百岁追忆》两本书，并在成都举行首发式，除四川许多作家赏光外，著名作家王蒙特地赶来为我“站台”，更觉光彩。于是引来许多媒体的关注，中央电视就有三个频道的栏目组到成都来采访，央视著名主持人朱军在百忙中特来成都采访我家三兄弟，预祝一门三兄弟创出三个百岁老人的奇迹。至于四川当地的媒体闻讯来采访并出了专版的更是不止一家了。我何人哉？竟窃然心喜，不枉此生。

来采访我们的记者几乎提出同样两个话题，一是长寿之道，二是人生感悟。

说起长寿之道，我和已进入一百零四岁的家兄马士弘曾共同斟酌，拟了一个《长寿三字诀》：“不言老，要服老。多达观，少烦恼。勤用脑，多思考。勿孤僻，有知交。能知足，品自高。常吃素，七分饱。戒烟癖，饮酒少。多运动，散步好。知天命，乐逍遥。此可谓，寿之道。”朱军来采访一开始就问到我们的长寿之道，我对他说：“两个字，乐观。”就是提得起放得下，没有过不去的火焰山。

说到人生感悟，我却迟疑，难以回答。人活一百岁，虽然“感”很多，“悟”却未必有，或虽悟而不透，惑而不解的倒是不少。我回顾一生，常常感慨古人说的“人生不如意事十之八九”这句话，似近乎真理，至少我是如此感觉的。

我一生常有许多愿望，也就是有许多美梦，一直未能实现，或未能如意地实现。我的一生不能说是命途坎坷，但经历的沧桑和忧乐，确实不少，所以我在我写的《百岁感怀》诗中有两句：“一纪沧桑谁共历，平生忧乐我心知。”回想起来，少年时代，老师告诉我，中国将要灭亡了，我们要当亡国奴了，救国之道就在振兴工业，坚甲利兵，于是我努力学好数理化，并成功考入中央大学化工系，决心去制造炸药，可是学未有成，却被日本侵略军把我们的书桌也打碎了，并大言三个月灭亡中国。于是我放弃学业，参加“一二·九”学生救国运动，并且顺理成章地参加了中国共产党。入党后，由于我表现积极，被提拔为“职业革命家”，所谓“职业革命家”就是以必死之心投身于最危险的地下党的领导工作，一连十几年的九死一生的生活，突兀的沧桑巨变，不意的喜忧无常，从支部书记做到川康特委副书记。我最亲密的战友，很多牺牲了，包括使我刻骨铭心痛苦的亲人的牺牲和无辜孩子的失落，多少辛酸苦难，我侥幸从特务四处追捕中脱逃，终于坚持到解放。

抗战期间我为了避难，化名考入西南联合大学中文系。由于大师们学术研究的诱惑，以及专业老师们的鼓励和教导，我曾梦想就此潜心于很有兴趣的学术研究，却又奉命调回四川地下党领导岗位。转移时为了遵守秘密工作纪律，把几年在大学学习获得的学术成果和在当时文学氛围下学写的文稿，痛心地一火而焚之。想做学者和作家的梦破灭了。

解放以后，在党委做繁重的组织工作，稍有头绪，又奉命去担任省建设厅长的工作，外行领导内行，从头学起建筑知识，包括当时一面倒时必修的俄文。经过几年的努力，白手起家，终于建成一支建筑大军，胜利完成了第一个五年计划。现实的成就使我下决心一辈子做个修房人，却又赶上全国向科学进军的号召，我再次奉命改行去筹建中国科学院四川分院，又是从无到有，白手起家。这也好，我从那些科学家的口中听到新科学的神奇妙道，下决心一辈子为科学家们服务，认真学习科学的“目录学”。忽然又一次奉命调到中共中央西南局去做宣传工作，还同时兼任西南局科委副主任和西南科分院副院长。主管西南地区的科学工作倒还合我意，可是要我到宣传部去管西南地区的文艺工作却让人胆战心惊，因为那几年文坛波谲云诡，运动不断，谁也不想沾领导文艺的边，我之所以被领导看中了，其缘由是1959年建国十周年纪念活动中，被四川文联主席沙汀催促写了一篇革命回忆录《老三姐》发表出来，被《人民文学》转载，引起中国作家协会领导的注意，说我这个老干部既有生活又有文采，理应加入作家行列，从事文学创作工作。当时的作协党组书记邵荃麟还对我讲大道理，说我既可以做行政工作又能搞文学创作，一个人做两个人的工作，等于生命延长一倍，可以为党多做贡献。于是在他们的半引诱半压迫下，我被硬拉进了文坛，成为中国作家协会会员。而由此我从开始的别人“要我写”发展到后来的“我要写”，醉心地写了起来，发表了不少作品。自己以为得意，因此西南局领导要我到宣传部主管文艺，谁知这无异套上颈绳，“文革”一来，被打成反革命，祸由自取，悔之晚矣。“文革”后期被“解放”后再次被领导点将担任四川省宣传部副部长，当时曾管过四川文艺工作的李亚群副部长见着我后一揖到地，说：“我总算找到替代了。”“文革”后四川省文联和作协恢复了，当时我已担任省人大常委会副主任的工作，筚路蓝缕，本就够麻烦的了，省委却把省文联主席的担子理直气壮地压在我的肩上，后来又把作协主席的担子交给了我。

这个作协主席，我一做就是二十四年。在这二十四年里，虽有风声鹤唳，却再没有了雷霆风暴。这是我的幸运，终于等到改革开放、建设中国特色社会主义国家的新时代，有核心价值体系作为精神支柱的文艺繁荣发展的新机遇已经到来，“两个百年”的梦想必能实现，反映伟大时代的伟大作品必将出世了。

新年到来了，回首百年，我的一生，曾做过许多美梦，从想当化学工程师、语言文学学者、建筑工程师、科学家跟班，到想为人民当家做主的法治建设做点贡献的美梦都没有实现。我在风雨泥泞中跋涉了一辈子，总算平安退了下来，乐享天年。

在这百年人生中，我因偶然地写了一篇文章，被拉进文坛后，从被动到主动，写了一大堆文学作品，但并没有称心如意的传世之作。所以我在两度被授以终身成就奖时的答谢辞中说，我没有终身成就，只有终身遗憾。引为遗憾的是以我丰厚的生活积累和曾受过文学科班训练的写作才能，假以时日，本可望写出好的作品的，然而没有，深引为憾。

我已经进入一百零一岁了，传唤报到的通知说不定已经在路上，可我仍然乐观地写上“尽心尽力、无愧无悔、我行我素、洁来洁去”的座前铭挂在墙上静静地等待着，有时甚至还在做梦，发出我退出文坛但不退出文学的豪言，计划整理旧作，还想给自己造一片灿烂的余霞满天呢。我虽然辞去《四川文学》名誉主编，却希望这一篇文章不是我在《四川文学》上发表的最后一篇文章。

2014 年 11 月 19 日

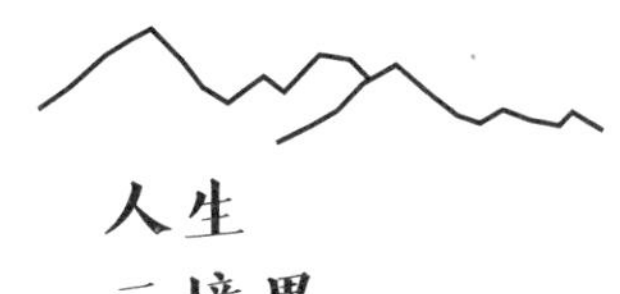

人生
三境界

我是白痴

我今年八十八岁，儿孙为我做“米寿”，我才知道，我是白痴，仿佛又不是白痴。我已经是快要走进坟墓的人了，还不知道自己究竟是一个什么人。

什么是白痴？我已经记不起来是谁下的定义了，最近才在一篇文章里看到，据说是一个叫雅克·拉康的人为白痴下过定义，他说：“相信自己和自己扮演的角色完全一致的人，便是白痴，知道自己始终是清醒的人就是白痴。”那么这意思反过来说，不知道自己是什么东西，也不想知道自己是什么东西的人便不是白痴，而是智者。那么古代的庄周梦蝶，醒来怀疑自己是不是还是蝴蝶正在做梦，梦见自己是庄周，于是庄周不知道自己是庄周呢还是蝴蝶，就是说不知道他自己是什么东西，或者根本不知道他自己是不是一个东西，如此说来庄周便是大智者了。据说，就是这个雅克·拉康，弗洛伊德精神分析大师解释说，这就证明庄周不是白痴。这个拉康以大师自命可以分析别人的精神，我看他以为自己是最聪明最有智慧的，头脑清醒的人了，那么按他对于白痴下的定义来说，他才是真正的白痴。自以为清醒时，安知不正是他自己最糊涂的时候呢？我在这里说他是白痴，不是智者，反过来证明我也是白痴。说人家愚蠢的人，大半自以为聪明，其实那时他正是白痴。

我回想一下，活到快九十了，才似乎觉得八十七年非，过去自以为正确，现在看来却有许多是错误的，甚至是荒谬的。过去自己以为是经常清醒的，能分清是非的，现在才觉得自己很多时、对很多事是糊涂的，是未分清是非的，不过是人云我亦云，人干我也干，其实糊涂着呢。现在我觉得似乎清醒一些了，说不定自己已经陷入更大的糊涂。不然为什么有那么多自以为清醒的人，那么热心地来帮助我呢？为什么说我自以为老马识途，却实在是老马失途呢？说我自以为聪明，自以为清醒，却是很糊涂呢？他们说我糊涂，是看着南墙还要去撞的白痴，如果按那位给白痴下定义的大师的说法，那些帮助我的聪明人，其实最糊涂，说我是白痴的人自己才是白痴。他们说我老马失途，其实不过是随波逐流，鹦鹉学舌，唯上唯书而已。

如此说来，我认为自己是白痴，也许自己正不是白痴，以为自己不是白痴，也许自己真是白痴呢？我还是把自己认为是白痴吧，也许我可以暂时满足于自己也许不是白痴的快乐。

这个世界上谁是白痴，谁能说得清楚？

2002 年 1 月

偶语

每个人

岁月沧桑，每个人都有自己的希望与梦想，每个人都有自己的成功与失败，每个人都有自己的欢乐与忧伤。每个人的身上都有历史的烙印，每个人都有历史的局限，每个人都要接受历史的最后裁判。

九十自誓

行年九十，已经日薄西山，虽不到气息奄奄，也不是彩霞满天，即使垂死挣扎，也要奋斗终生。此生有幸，历经坎坷危难，未损一毫一发，虽无显著成就，倒也无悔无愧。天如假我十年，还当纵笔挥洒，再写想写的几本书。

我的信条是：永不放弃！即使是倒在书桌旁。

说幽默

幽默是人际间的润滑剂，矛盾中的缓冲器，苦恼时的消解剂。

幽默一词，由林语堂翻译英文 humour 而来，音义双译，据说中文中无对义词，诙谐、戏谑、滑稽、调侃、解颐等词，均不相对，足见中国人缺乏幽默感云云。我不以为然，读中国文史，滑稽、雅谑、诙谐、逗趣、热嘲、冷讽、酸语，随处可见，王利器教授已集有中国笑话的厚册。《世说新语》中幽默之言行俯拾即是，中国岂无幽默？四川人更天生幽默，言谈、书、文，戏台上、评书桌，随处可听到。未概以名而已。现在以“幽默”一语概之，积习已久，自然流行，成为公认语词，也是好的。

2004 年 1 月 4 日

龙与虫

四川有一句俗语："在川是条虫，出川就成龙。"说的是四川旧文化很盛，封建传统很深，束缚人们的思想，有远大抱负的人也不易发展。出川去以后，面对的是新文化、民主自由思想，比较开放，有雄心壮志的人会有出息。郭沫若、李劼人、巴金、沙汀、艾芜都是出川后才成才的。许多革命家也是如此，去西欧留学做工，学得新思想，回国来参加革命，结果成了政坛要人，如朱德、邓小平、陈毅、聂荣臻等就是这样的出色人物。

我虽然不是什么出色人物，可也的确是在四川的封建军阀官僚统治下生活，感到无望，才走出三峡去寻找自己的生活道路的。我到北平和上海，接受了新式的教育，吸收了外来新文化，崇尚民主自由。后来又适逢日本侵略，为了救国，参加了革命，成为职业革命家。四川的许多知识分子和我一样，出川求学，或直接奔赴延安，最后走向革命。

四川现在的文化，到底怎么样？有人说仍然是停留在过渡阶段的一种过渡性质的文化，新旧思想杂糅在一起的混合文化，在带有浓厚的小农经济思想根基上，逐渐向市场经济的平等自由竞争思想前进。时时得见旧文化的遗迹，而又时时有新潮涌现，表现出表面浮躁，跟风赶浪，搞得热闹，却不踏实不持久。表面上是在向市场经济秩序过渡，而常常处于一种无序竞争状态。短视、造假、欺骗、蒙混，随处可见，可以说尚处于残酷的资本原始积累阶段。有些老板用合法或非法的经营，赚了一些钱，不想投资经营更现代的大企业，扩大再生产，而是感到钱路不正，总怕不保险，因此抱着得消费时且消费，能安乐时便安乐的短视思想，大吃大喝，大玩大赌，所以原始积累比较缓慢，他们中能成大气候者不多。许多新兴力量昙花一现，或在无序竞争中被吃掉，或在与外来新经济势力的竞争中被挤垮。所以有些有远见的新兴企业家，不愿在四川经营，而到外地去发展。

现在要建立市场经济的正常竞争秩序，必须反对封建手工业作坊思想、无序竞争、“无商不奸”（“无商不奸”是中国过去的思想，现代大企业是讲信用第一，服务第一，诚实第一才能发展的）。

说四川人好悠闲，其实是指那些有了生活保障而不孜孜于仕途和商战的人。仕途中人、商战中人也要缓解压力，要求松弛，于是寄生性的娱乐文化，低级的物质和肉欲享受便大行其道。这不能叫悠闲文化，甚至不能叫文化。能逃到农家乐或山林中去求解脱一时的人，还是比较有文化的官员、商人和文化人，不过许多人也只是去那里打麻将、吃喝，麻醉自己而已。

垃圾桶边

每天早晨，我出去散步，要经过大门外街边放一排垃圾桶的地方。每次从那里走过，都看到一个上了年纪的老人在那里很耐心地把地上的零碎垃圾扫起来，倒进垃圾桶里去，并且用抹布蘸清水，擦洗那几只垃圾桶。我一直对这些虽然被报上称赞为“城市美容师”然而一直被人瞧不起的环卫工人肃然起敬，每次走过那里，不禁要驻足看他一眼。

特别是全国搞卫生城市创建活动以来，我看他更起劲地把才刷过蓝油漆、焕然一新的垃圾桶擦洗得亮堂堂的，周围打扫得更干净，一点恶臭味也闻不到了。居民们似乎也很支持他，把垃圾都倒进桶里去，不是满地乱抛。我看到他以满意的神色欣赏他的那几只垃圾桶时，我不觉也分得了几分喜悦。

今天早上，我又从那里过路，忽然看到一个穿戴整齐很有知识模样的干部，端起一个盆走了过来，看他把头摆过一边去的样子，他对于垃圾的臭味是很厌恶的。他走近垃圾桶，不掀开垃圾桶的盖子把垃圾倒进垃圾桶里去，却把垃圾往桶边地上一倒。那老人看到了，并没有说话，只用眼光扫了他一眼。那位干部却自我解嘲地说：“检查团已经走了，马虎点吧。”说罢便掩住鼻子，扬长而去。

老人还是没有说话，只用有几分惊异的然而是严峻的目光，盯他一眼，然后便低下头去，扫起那些垃圾来，掀开盖子，倒进垃圾桶里去。

我简直想走过去，拉住那个看来颇有知识、消息也很灵通，然而在干净外衣里裹着一个肮脏灵魂的干部，问他一下，搞环境卫生，难道是为了给中央卫生检查团看，赢得一个卫生城市的空名的吗？

然而我没有这么办，我不敢这么办。我知道那会带来一场口沫横飞的争吵，说不定还会对我这个老头儿饱以老拳呢。听说现在时兴谁也不管谁，甚至自己也不管自己的风气，还是明哲保身吧。

我走开了。然而我为我的身上也裹着一个卑微的灵魂而生自己的气，久久不得安宁。

1994 年 12 月 25 日

语言污染

我不是北京人，我要为北京人说一句话，我不是北京航空港的人，也要为北京航空港的人说一句话。

今年初的一个下午，我到北京航空港乘飞机回成都。大概因为我持有离休证，看我年逾八十，服务小姐对我特别照顾，她为我提起手提包，把我引到十九号贵宾候机室里去休息，递茶送毛巾，怪热情的。在这个休息室里的旅客不多，走了几位后，只剩下我和一位买头等舱票的年轻旅客。

也许是由于我的职业习惯，或者是由于这位旅客过于容易引人注意吧，我注意看了一下他。很显然，他如果不是一位春风得意的官员，那就一定是一位标准的大款人物，我看更像是暴富得身上流油的大款。营养充足，服饰华贵，头发光亮，手指上不知为什么要戴两只重量级的宝石戒指。金架子眼镜后边有一双极为机灵的眼睛。身边放了一个特厚的有双重密码的手提箱，那里面一定有贵重的说不定是价值连城的物件。我这个标准夫子模样的老头，他连正眼看我一下也不屑于，把头仰得老高，我想和他搭白也搭不上，不知道他是干何营生的。

这时，一位才在服务台打完电话的工作人员（看样子不是这里的服务员），走到这位旅客的身边，很有礼貌地在解释什么。

我才知道这位旅客是买了头等舱去广州的。由于服务员没有听清楚班次，以为他的登机时刻未到，没有及时通知他并引他上飞机，以致误了班次。而机上清点人数时也没有查出，于是出了误机的差错。那个工作人员正忙着替他联系好下一班去广州的飞机，为他迟飞两个小时而向他表示歉意，并请他拿出机票来，以便替他办换机手续。

这本来也是只能如此的事。首都航空港的服务员自然有改进工作的必要，可是既然道了歉，又安排了下一班飞机，旅客似乎也应该谅解，批评一下也就是了，还是赶快拿出机票，交工作人员去办换机手续，以免再误了下一班。

可是这位大款却是不依不饶，不拿出机票，一直在申斥这个已经谦虚到家的工作人员，说："我看到了快登机的时候了，就是不来请我，叫我误了回广州的飞机，这成什么话？你们北京机场就是这么办事情的吗？"甚至一竿子打一片人，说道，"你们北京人就是这么办事情的吗？"

看他说的一口蓝青官话，大概是常常到北京办事情的外地人，看那劲头，如果他是从外国回来的人，他会说出"你们中国人就是这么办事情的吗？"的。

那个工作人员只得低声下气地检讨："这是我们工作上的失误，我们一定检查，改进工作。"

那大款还是喋喋不休地申斥，还大言不惭地说："我坐了几十年的飞机，跑遍了全世界，也没有像你们这么办事情的。"

他的年纪看来不过四十，是不是坐了几十年飞机，跑遍了全世界了，是否中国和世界别的机场就没有出现过旅客误机的事，我却是知道一点的。几十年前，在中国机场上误机的事，我是经历过的，外国恐怕也不能说没有。我当然不会去纠正他，那个正在诚惶诚恐地认错的工作人员，即使知道内情，当然更不会说声不是，他只顾一个劲地表示歉意，希望他快拿出机票来换票，以免误事。

那大款好像还没有发泄够，说："你表示歉意就算完了吗？误了我的飞机，怎么办？"

工作人员说："我们已经作了补救，我刚才打了电话，已经查到今天还有去广州的飞机，一个多小时后起飞，请你转乘那一班飞机。"我想只能这么办了。

那位大款还是不依，说："误了我的事，这损失谁负责？"

这却是个难题，谁知道他到广州去办什么事？如果他误了两个钟头，引起他的经济损失有多大，谁能说清，要赔也没有个底呀。

那工作人员只能说："我们只能请你谅解，请你转乘下一班飞机。"

那个大款看来除了这个办法，再也没有别的办法了，可是他还想找出气筒，他问："刚才那个服务员跑到哪里去了？怎么不露面？"

"她已经下班了。"

大款大为光火："浑蛋，他妈的误了我的飞机，就不敢来见我了？"看样子他是想大大地训斥那个服务员一顿，才能出他那口恶气的。

果然他就妈的什么，娘的什么地骂了起来。我要把他骂人的那些脏话照写下来，那就是在搞精神污染。我没有想到，这样一位按其文雅的面容、时兴的发式、高级的西服看来，一位已经或正在跻身于高级文明社会的老板，从他那副闪光的金架子眼镜下面的那张尊嘴里，竟然吐出如此不堪入耳的脏话来，把在三流市场上的“国骂”拿到这高雅的休息室来大肆宣泄了。

其实他在训斥那个工作人员时，已经说了许多“带把子”的话。现在提起那个直接造成他的不如意的女服务员，气特别大，于是嘴里没遮拦地尽情发挥他那骂人的才干来。几乎每一句话的前头、末尾，或夹在两句话的中间，都很顺溜地装饰了国骂。

那个工作人员感到很不愉快，且有理由反批评，但是他还是那么“打不还手，骂不还口”地敬领这位旅客的一堆脏话。而在一旁的酒吧后的几位女服务员，直吓得不知所以，敢怒而不敢言。

我呢，也真想站出来说几句公道话，批评他太不文明，满嘴脏话，污染了这首善之区的这个文明窗口。但是我忍了。我想我要和他一接上火，他那不文明的喷口，还不知要喷出什么脏东西来，弄得我满脸满身的臭气。说不好他还会对我动起手来，我这八十几岁的老人怎么招架得住他这个小伙子的冲刺。这样的人是谁也管不住的，他自己也管不住自己，他既然管不住他的嘴巴，说不定也管不住他的手脚。

这时，服务小姐来叫我：“该你上飞机了。”她把我的手提包提起来，带我走出这个休息室。到了门口，我还是憋不住，说了一句：“你们这休息室，污染严重，臭气熏天。”我想他是听得明白的吧。也许他根本没有听明白，然而那位服务小姐却是听明白了的。在走道上她对我说：“他不过是有几个钱罢了。”接着她又不无几分感慨地说，“这样的人，这样的事，我们这里常有。”

1997 年 9 月 25 日

何来“不坠乌龟”

我在成都一张报纸的附刊上读到一篇叫《曹禺好吃川菜》的名人专访，不禁哑然失笑。文中说的曹禺好吃川菜，当是实情，我也听他对我说过。但说他常去“不坠乌龟”小酒店去喝酒，却不免失实。因为成都当时根本没有这个叫作“不坠乌龟”的小酒店。

据我所知，当时成都倒是有一个“不醉无归”小酒家，就是说进去喝酒，没有喝醉不要回去的意思。还有一个“醉无归”小酒家，那自然是说进去喝酒喝醉了就不必回去的意思。当时在成都还有几家取着雅号的酒家，如“巷子深”酒家，就是从“酒好不怕巷子深”那句话套出的。有个大菜馆，却取一个很有童趣的名字，叫“姑姑筵”，就是四川小孩喜欢扮的姑姑筵也。但是这个“姑姑筵”，却非同小可。非权宦、军阀、富商、大贾，莫想订上一席。当时在成都可算是最高级的了（成都姑姑筵餐厅，现在已经在草堂外又办起来了）。

成都历来是一个文化都市，文风颇盛，喜欢雅事。在饮食文化上颇有讲究，蜚声海内外。要说成都这方面文化的掌故，最有资格的恐怕第一要算名作家李劼人了，他自己就是一个美食家，也是一个烹调家，曾经在指挥街开过一个“小雅”，他自己上灶。他曾经写过一本书叫《说成都》，他给我看过原稿，其中就有关于成都饮食文化的许多掌故，可惜他人已作古，书稿也在“文革”中散失了，实在是一遗憾。现在有资格说这方面掌故而又健在的恐怕只有美食家车辐老人了，我是不敢在他老人家面前班门弄斧的。——这是题外的闲话。

为什么这篇文章把“不醉无归”小酒家误写成“不坠乌龟”小酒店呢？显然是访问时按音记录之误。可惜的是作者竟然没有向曹禺老人校对一下这个名称是否记对了，回来写作时也忘了向“老成都”打听一下。而编辑看稿，看到这么一个怪名字的酒店名时，也没有在脑子里打个问号便放行了。结果造成这么一篇美文的微瑕。

写文章，做编辑，偶尔笔误，是难免的。但是这个小失误却引起我的一点思考。如果作者和编辑对于成都的文化历史、地方掌故有较多的了解，就不至于出这样的差错。我历来主张作家和写文章的人要努力加强自己的文化素养。一个作家对于中国的传统文化和历史，应该有较多的了解。一个地方作家对于那地方的历史文化、社会掌故、民风民俗，更要有较多的了解。而且我还主张一个作家，不说通百家之言，习诗词歌赋，总应该读过《古文观止》《唐诗宋词三百首》或《千家诗》，看过《红楼梦》《三国演义》等古典小说，正史野史也读过几本吧。在旧学中，这可是童生的起码功夫。现在新学课程多，知识面广，不能那么要求了，而且“学好数理化，走遍天下都不怕”已经深入童心，要他们读那么多中国古书，已不现实。但是作为一个作家，一个编辑，这样的要求，我看并不过分。——这就是我想说的题内的话。

或人曰：采访笔录记错几个字，你倒数落了一大篇，无乃太过乎？果如此，那么就此停笔吧。

1994 年 12 月

刍荛之献

许多年以前，我不止一次地在四川烹饪协会的会上和《四川烹饪》上宣称，烹饪是一种文化，而且是一种高级的文化。烹饪不仅是技术，而且是艺术。自从人类创制工具、发明用火，进入文明世纪，烹饪文化便同时出现，使人类更好地生存和发展。那时便认识到“民以食为天”的道理。知道不仅要吃饱，而且要吃好，要达到孔夫子说的“食不厌精，烩不厌细”的高度，达到烹饪不仅是一种技术，而且是一种艺术的高度。

许多人相信烹饪文化是一种技术，但不以为是一种艺术，能进入艺术的殿堂。我则以为烹饪大师不仅掌握了烹调美味的高级操作技术，而且是在进行一种艺术性的创造活动，于是相应地便出现了欣赏这种艺术的美食家，正如艺术家创制一件作品，同时就出现欣赏艺术作品的专家一样，孔夫子说的那个“烩不厌细”，就是要求烹饪大师要做得可口精美，他说的“食不厌精”，就是说食客或者说美食家要精心享受和领略这种烹饪艺术。

我在北京曾听人说，日本人到中国来学习中国烹饪，他们以为烹饪不过是一种高级技术，只要用精密的科学方法，辅之以精密仪器，总可以学到手。于是烹饪操作时间以秒来计算，烹饪材料以克来计算，完全照中国烹饪师的程式做法，一丝不苟地做出菜肴。结果吃起来根本不是那回事。问为什么？烹饪师告诉他说，你只学到“技”，没有学到“艺”。手艺，就在用手操的艺，各人都有各人的操作窍门，自己的拿手，不是用“克”用“秒”算得出来的。同样的菜名，同样的师傅，用同样的主要材料，同时操作，端出来的菜肴却各有不同的味道，为什么？各人的技术水平，操作水平也许差不多，而所掌握的烹饪艺术却有高下之分，所谓差以毫厘，失之千里，大不一样。我们在外巡吃的麻婆豆腐、回锅肉，总觉不是那个味，至于各地风行的担担面，简直是呀呀乌了。都因只学到烹饪这些食品的技术，没有进入烹饪艺术的藩篱，也就是没有入门了。从此更可以证明，烹饪不只是一种技术，而且是一种艺术，正如作家写同样题材的文章，却是各有千秋，千差万别，何以故？因为这不只是作文技术，而是创作艺术一样。旧社会把烹饪师贬入下流，瞧不起，却无人不欣赏色香味俱全的精美菜肴，就是那些大人物，却总离不开天天享受他们瞧不起的烹饪师们提供的艺术美味，古人把烹调大师比作可以经国的宰相，老子说：“治大国如烹小鲜。”岂是偶然的吗？

古往今来，我以为最能欣赏烹饪艺术的第一个大家要数苏东坡，而且他本身也是一个烹饪艺术家，至今还传下“东坡肘子”之类的菜肴。读东坡诗文，说到美肴酒会的地方很不少。古人说“饕餮之徒”，是带贬义的“好食鬼”之意，苏东坡便不以为然，他就自号“老饕”，他还做了一篇《老饕赋》来歌颂美食，其中就有“聚物之夭美以养吾之老饕”的句子。我们今天的美食家，都可以算是小饕，应该寻祖问宗于苏东坡这个老饕，他才是我们美食家们的祖师爷，人人应该一读他的《老饕赋》，那也是一篇美文。

不知道我们是不是连两千多年前孔夫子对于烹饪学的认识

水平都没有，只认识到“烩不厌细”，成立了烹饪协会，却认识不到上一句“食不厌精”，迟迟未成立老饕协会也就是美食家协会。须知这两句话是不可分的，如文本的上下篇，词之上下阕。既有美食艺术的创造者，为什么没有欣赏美食艺术的美食家？犹如有作家作的美文，却没有欣赏美文的评论家、欣赏家，这怎么行？

现在四川省美食家协会建立起来了，我为这欢呼。欢呼之余，还想提点建议。

建议之一：我们既是美食家，自然想品尝人间美味，但切不可真变成“好食鬼”，真正的“饕餮之徒”，我们是为弘扬烹饪技术，提高烹饪艺术水平而存在的，要敬重我们的烹饪大师，总结和提高他们的烹饪水平，搜集和整理各方各地的烹饪经验，各种菜肴的创新发明，特别要在民间小户，那些引车卖浆者之流的中间，去寻找美味佳肴。过去，所有进入宫廷、官府、高级筵席的美味，追其根源，许多来自民间，这是不争的事实，这需要美食家们的锐利的目光，敏灵的鼻子和聪明的舌头，更需要善于总结提高的脑子。要善于推陈出新，化腐朽为神奇，从粗俗升到高雅，还要不故步自封、目光短浅，要善于与外地、外国进行交流，善于吸收消化提高一切美味佳肴。此所谓艺无止境也。

建议之二：美食是一种雅文化，所以李劼人把他的美食店取名“小雅轩”。精致的菜肴应该配有幽雅的环境，文明的气氛。不仅房舍具有了地方特色，餐室有文雅的名称，装修、家具、摆设、餐具也要有地方特色，还要佐以美酒、美茶、美乐，让美食家从容地品尝那色香味俱全的美味。我觉得中国的餐饮店，哪怕是一些很有特色闻名于世的高级餐厅，普遍的是太嘈杂、太粗俗、太不文明了。每每见到，就是在雅致的什么“桃源居”之类的雅室里，杯盘狼藉，人声鼎沸，衣斜领歪的食客，手提酒壶，脚踏坐凳，或呼幺喝六，猜拳打赌，诟言污语，追拉灌酒，什么高价的美酒美食都被糟蹋了。为什么这么粗野鄙俗？外国的餐馆我也进去过，从来没见这种景象。美食家们应该提倡一种文明雅致的餐馆美食作风。至少在那些高级餐馆应该大力提倡。

建议之三：美食家应该关心美食中的饮食卫生习惯。中国餐馆的卫生条件，虽然已有许多改进，但取食习惯却很值得注意，许多筷子汤匙在一盘菜肴一盆汤里鼓捣。什么传染病都可传播。为什么分食制就这么难？有人说分食了桌面上不好看。要讲面子，那也不难，可以先端上桌子，请食客们看了再分盘送给大家嘛。我始终不明白，中国的筵席为什么要弄得如此丰盛，菜盘叠成宝塔，主人还说简陋怠慢，酒瓶堆满一桌，还在喊拿酒来，我看大半都是浪费了。这一笔账全国算起来该是多大数目？我也吃过外国招待贵宾的盛宴，也不过三四道菜加上水果冰激凌便完了，酒也从不劝饮，自便。人家这种习惯并未显得寒碜，相反的他们来中国吃中国宴席，很不理解筵席的过度“丰盛”和不太卫生的饮食习惯。美食美酒，其实不在多而在精，这样细品细啜，才能品出味道来，才能真正享受美食的快乐。

建议之四：美食家固然要品尝美味，但更要注意营养。十几年前中国营养学会的会长于若木来成都参加烹饪的会，她特别对于中国的宴席不注意营养担忧。她对我说，中国人的许多疾病都是从不注意营养价值，病从口入的。她不明白为什么许多人特别喜欢吃一些怪物怪味，世人不吃的他们偏要吃，哪管它有毒有害，哪管你就要灭绝的动物植物。至于听说把猴子捉来当场敲开头吃猴脑的宴席，那简直是残酷的兽性在发作。连人味都没有了，还谈什么美食？这是中国饮食中的羞耻。美食家千万注意与自然的和谐相处，不可追逐所谓的奇珍怪味，以为稀罕得意。美食家应该是最讲文雅的人，不然就是丑食家了。

我说的这些话，是不是说到题外去了？那么就算我向美食家们做的一点刍荛之献吧。

2004 年 4 月

婚姻·爱情·道德

婚姻的确是一种社会契约行为，它的形成必然要具有社会契约通常具有的双方的权利和义务的规定，有所当为，有所不当为，并负有通常契约的违约行为产生后的法律责任。

但是这种契约和一般的社会契约是不一样的，有一些超理性和意志的东西，即爱情，有一种超权利和义务的东西，即道德。也就是说婚姻不仅是一种社会的或生理的相交，一种生意买卖式的往来，一种在生理上互相得到性的满足的关系，而必须要有超乎法律制约的条件，即爱情，才应建立婚姻关系。只有有爱情的婚姻才是合于道德的，或者说婚姻的成立还应该具有某些道德的要求，即爱情的互相交换。这是一个美满婚姻的标准，没有爱情的婚姻在法律上是可以成立的，然而是不道德的。这样的社会契约并不能如其他社会契约那样给社会带来稳定性，相反的，这样没有爱情但完全合法的婚姻只会给社会的重要组成细胞——家庭带来不幸和动荡，而最后导致家庭的破裂，给社会增加不安，甚至带来悲剧的结局，带来对社会秩序和法律的破坏。

所以说爱情是男女双方订立婚姻这个契约的必需前提和条件。所以在外国的礼俗中男女双方在牧师面前要接受他的询问："你能终生爱他（她）吗?"男女双方都要做出肯定的回答，牧师才能为他们的结合祝福。虽然这种肯定不一定具有法律的效力（因为只要一方执意提出不愿和对方共处下去，法律上便可以承认离婚的合法性），但是却具有道德的约束力量，这种道德的基础便是双方的爱情。虽然在西方这种道德的约束力往往是薄弱的，他们只要受到一点轻微的爱情的波折和震荡，就可以使道德约束力解体，导致法律上婚姻的解体。

这种情况在中国就不一样，一种道德力量往往约束着男女双方，使他们即使爱情上遭受某些挫折，双方都不满意，还能维持婚姻关系，以谋求爱情的篱笆（特别是有第三者来拆除这种篱笆时）的修复。道德在法律的约束力不能达到的地方，起了辅助的作用，减少了离婚案件。但是也可能有它消极的方面，即某些传统道德的约束，使没有爱情的婚姻在一种无形的约束力之下，勉强维持下去。从道德和法律上说都不成问题，然而对于男女双方却都是痛苦的，无法忍受的。这样的道德规范是过分的，不合理的，有时导致悲剧的出现，从巩固法律秩序走向破坏法律秩序的反面上去。因此道德规范在我国对巩固婚姻和家庭方面是可以起积极作用的，可以补爱情之不足，然而道德规范使用过度（比如旧社会的某些封建道德和法规，三从四德，从一而终，守节是美德，等等），甚至具有超乎法律的效力，便会破坏真正有爱情的婚姻，导致家庭的破裂，以致引来悲剧。

因此，如何在爱情的基础上建立婚姻的法律（契约）关系，而又辅之以社会道德规范，从而增进爱情，巩固婚姻关系，是一个社会伦理问题。男女间的爱情对婚姻关系的建立是绝对必要的，没有爱情只有社会道德规范所约束的婚姻，本身就是不道德的。那种受社会伦理约束，受社会道德约束，受金钱的驱使，而缺乏爱情建立起来的合法婚姻，本身是不道德的。但是没有社会公认的（比如我们的共产主义伦理观念）道德观念，只是出于某些感情冲动而误以为是建立在爱情基础上的婚姻，是不牢固的，一当结婚，理智更胜于感情冲动时，便是婚姻家庭破裂的开始，结婚反倒成为离婚的前奏曲了。

所以在男女之间什么是真正的爱情，是一个必须经过往来考验，互相了解之后，才能确认的过程。轻率的一见钟情，在感情冲动之下，未经理智的检验便轻率结合，甚至也不经过婚姻法律把婚姻关系凝固下来，往往带来一些不良后果，常常是给女方带来痛苦，因此在缔结婚姻这种契约前，必须要有一个建立爱情和检验爱情的过程，而这个过程往往和一个社会道德规范有联系。在外国是缺乏这种规范和传统的，一见钟情，水性杨花，几日恩爱，露水夫妻，一杯水主义，往往给家庭带来不幸，追悔莫及。

在这里，一个重要的问题出现了，什么是爱情？什么是真正的爱情？什么是合于伦理道德的爱情？爱情受社会、经济、政治、伦理、道德的制约如何？这是一个十分复杂的问题。过去曾见为男女爱情立过许多条条或标准，有的是属于生理上的，有的是属于心理上的，有的是属于社会性的，比如共同的理想、志趣、爱好、生活情趣、习惯、满意的性格、体魄、年岁、外貌、风度，等等，还可能有家庭、出身、学历、技能、癖好等要求。当然这是一个极其复杂的综合体，往往因人而异，只能心领神会，不能明言的。然而其中总是有一些必需的起码的条件，比如从生理上说是能够做异性的满足的（有的刚好并不要求这样的生理满足的也有），比如要有一个共同的理想和志趣，比如要有互相满意的性格、情愫、身体条件、年岁、风貌，这里有内在的，也有外在的。各人注重也可能不同，然而对世界的认识，对生活的要求，事业的理想和道德的旨趣一致，是决定性的。而这一切又往往受当时社会历史潮流的影响。在革命的年代，共同的革命理想，为革命共同奋斗的决心，可以出现男女双方在走上刑场前结成夫妻的美事。

在爱情、婚姻、家庭、道德这个问题上，虽然是男女双方的关系问题，然而常常有所谓“第三者”的问题，如何认识和正确处理这个问题，是一个和法律、道德、社会伦理观念都有关的问题。

婚姻是一种契约行为，结为夫妻便受契约的约束，有婚姻法上的种种规定，必须遵守，有对对方负责的义务，有作为一个家庭成员必须负担的义务，也享有规定的权利。然而这是作为法律上的责任必须履行，只有法律规定必须遵守，这个婚姻关系不能说是牢固的，至少是不美满的，要得美满还必须要有男女之间作为生死与共的纽带连接起来，这便是爱情，最好的夫妻和最好的婚姻就是把爱情和责任（权利、义务）融合为一体，把二人互相无条件的供奉和法律规定、道德的规范融合为一体。而这一切只有常青的爱情树才能得到保证。

婚姻是一种男女两性关系方面的伦理关系，它随着社会发展而发展，即婚姻的本质是由生产关系所决定的，并受当时风俗习惯、思想意识等因素的影响。

道德是社会意识形态，是社会中人们共同生活的行为准则和行为规范的总和，调整着人们之间的关系，判断人们的行为为坏、善、恶的标准，有一种自然的约束力，对每一个社会成员要求担负一定的义务，遵守一定的行为准则，否则将受到社会舆论的谴责，道德观念是因不同社会和阶级而不同的。但也有民族的道德的传统观念和道德的继承，成为一种民族道德，但是这种民族传统道德观念正如其他思想一样，就是统治阶级的道德观念，只是这种道德观念往往流传下去，成为下一个社会也能接受并加以继承的观念。正如新的社会总不免有旧社会的思想烙印一样，可以延续很久，有些是在继承中可以改造，使之适应新的统治阶级需要的。

共产主义道德是继承和发展了人类历史上优良道德观念而形成的，它建立在摆脱了剥削人的桎梏的基础上。

道德作为社会经济基础的反映，必然要渗透到社会生活的各个方面去，自然也渗透到婚姻家庭以及爱情生活中去。我们要求的就是婚姻家庭和爱情生活都要遵循共产主义道德准则。凡是合于当时社会道德（即统治阶级的统治思想）的婚姻就是道德的，反之就不是道德的，现在凡是合于共产主义道德的婚姻就是道德的。如果生而为现代中国社会的男女而仍然去执行奴隶社会或资本主义社会的婚姻道德、礼俗，如妇女依附男子、一夫多妻、妇女从一而终、守节、父母之命媒妁之言，以及把婚姻建在赤裸裸的金钱关系上，把妇女当作商品，把卖淫、通奸当作德行，如此等等，那就是不道德的。

社会主义社会以生产资料公有制为基础，相适应的是共产主义道德，婚姻关系也是建立在新的道德标准上的新的婚姻关系。

这种婚姻关系的特点是什么？以爱情为基础。

什么是爱情？男女两性间互相吸引和精神上的和谐，理想、情操、性格、兴趣、气质、风貌、仪表言语等的和谐，它不同于朋友的友谊，不同于亲属之爱的一种强烈的感情。男女爱情可能导致结婚，然而结婚和性行为是爱情发展的自然结果，而不是它的目的，更不是“结婚是爱情的坟墓”，禁欲主义者把爱情至上过分强调其社会性，否定其生理性。纵欲主义者认为性行为至上，过分强调其生理性，否定爱情，把人降低到人的自然属性、生物性、动物本能，而不把爱情生活视为人的最高级的精神生活。

在封建社会，男女婚姻是为了传宗接代，根本说不上爱情（当然也有结婚之后逐步培养爱情的夫妻，但为数不多），这样实际上促进了婚外爱情，这种爱情往往以悲剧告终。

在社会主义社会，所有制变了，为纯洁的爱情和有道德的婚姻关系提供了广阔的空间，但是条件并不等于现实，还要在有利条件下去建立新的道德观，培植纯真的爱情。而事实上把可能变为现实，要和旧社会遗留下来的婚姻旧俗和陈腐的道德观念做斗争。即使如此，在我们现在的社会中，仍然见到在封建思想和资产阶级思想支配下结成的婚姻关系，许多婚姻纠纷，许多不道德的行为，甚至凶杀，残害，由此而产生。

现在更出现一种以恩格斯的“没有爱情的婚姻是不道德的”名言为幌子，来为自己不忠实于自己的伴侣，朝三暮四的不道德行为辩护，把自己的爱情连同自己的人格以至人身一起商品化，出卖给需要廉价爱情的人，以这一句话来掩盖自己的“一杯水主义”和水性杨花的不道德的卑鄙行为，随便撕毁婚姻这种神圣的契约。他们利用婚姻法中没有爱情，一方提出，经调解无效，可以离婚的规定，为自己遗弃对方，另寻新欢的行为作护身符。现在有一些婚姻纠纷便是以这样一种形态出现的。对于这样一种轻易撕毁契约，不遵守公认的道德规范的人，除开在社会舆论中给以谴责外，似乎还找不到法律上的处理办法，而社会道德法庭对于那些蔑视道德的坏心术的人是无效的。这是一个没有找到妥善办法的问题，党的纪律，家人的规劝，社会的舆论可以起一些作用。在理论上还要对恩格斯的这一句话做出恰当的阐述。因有爱情而发展到构成婚姻关系的家庭应有相对的长期稳定性，配偶不能朝三暮四换来换去。真正的爱情是不应随意转移的，爱情专一，爱情的排他性是应该有的道德规范。特别是那种为名、利、色所引诱，而喜新厌旧，轻率转移爱情的人，应受到道德的谴责，这是资产阶级的腐朽思想，恩格斯不能充当他们的辩护人。

在中国的一些美德的影响下，不一定凡是没有爱情的婚姻便是不道德的，也有没有爱情的建立而结为夫妇，然而各人克制自己，尽家庭义务和社会责任，经过时间的积累，在生活中培养出爱情来，和睦相爱，白头到老，难道这便是不道德的吗?

婚姻关系实在是爱情的凝固化，现实化，用法律上的夫妻的地位和责任巩固下来。夫妻必须彼此相爱，这是一种感情，同时也是一种义务。这种义务应该具有国家法律和社会道德的制约性，不能随便放弃这种义务，不尽义务，不负责任，这是玩弄异性，是于社会主义法律、道德都不允许的。

2001 年 10 月 8 日

休闲文化小议

四川的休闲文化常常和盆地意识联系在一起，一谈到休闲文化，就会有两种截然不同的说法，一是说四川人悠闲、从容、爱好和平；而另一种却说四川人懒散、不思进取、昏昏沉沉。休闲文化可以说布满着四川的各个角落，表现出来就是“两多”：茶馆多，麻将多。大大小小的茶馆中聚焦了看似无所事事的人，麻将则与茶馆相辅相成，天天都可以看到酷爱“休闲”的成都人在茶馆里打麻将。到了今天，除了传统的喝茶打麻将，又多了一些新的休闲场所，餐厅、饭店、娱乐城。

四川目前的经济水平还不高，但四川文化却有穷作乐的习惯，所以李伯清的散打评书会产生，这是四川拥有众多有赋闲嗜好的人的表现。改变这种现状，过去的办法是走出去，现在是引进来。以前巴金、郭沫若、李劼人都是走出去后才成为作家。现在则要引进来，引进优秀的人才来。

对于四川这种休闲文化要辩证地看。假如一个人完全没有休闲，我看他就活不下去，一张一弛，才是身体再生的力量。只是，休闲文化应该提升档次，既然叫“文化”，就要拒绝没有文化的休闲。既然休闲是正常的，发展休闲产业也是应该的。不过同休闲文化一样，休闲产业类众多，虽然也创造了不少产值，但如果没有文化底蕴，就像没有根的浮萍，迟早要枯萎。

我们的社会正处于原有计划经济向市场经济转化的转型期，转化过程中因为市场经济体制尚不规范，难免会出现一些不正常的情况，所以麻将茶馆会火爆。四川的文化根基很深，人才众多，传统文化在四川保留得相当多，只待市场经济完善就能发挥优势。在此之前，开发文化与休闲结合的产业大有前景。例如充分利用四川的人文地理资源，大力发展旅游，让人们在流连于湖光山色中受一次文化洗礼，这样的休闲令人终生难忘，开发出来会有很好的回报。

现在的人都被放在灰色钢筋混凝土森林中，农家乐火爆正是人们对城市不满意而逃遁的表现。20 世纪 50 年代，我请苏联专家到成都勘察时，他们都说成都是世界少见的城市，有漂亮的古城墙、古建筑，还有保存完好的少城风貌，四周被丰沃的平原环绕，像漂亮的毯子……

可是，现在古城墙已没有了，古建筑也被破坏了，现在的高楼整整齐齐，平平板板，就像“板门店”，天府广场成了广告广场，作为城市中心，没有任何体现人文精神的建筑，我们的建设都就像暴发户一样大肆乱修。府河南河整修本是好事，可是好好的“锦江”在工程改造后就变成了“府南河”，祖先给了我们两千年的名字为什么不要？“锦江”，本是成都的一张世界有名的名片，却不更好地利用。为什么我们不能以“锦江”这张名片，挖掘出“锦官城”的历史文化特色，把成都做个整体城市策划包装？从城建、人文、生态、环境等各方面进行长远发展规划，真正打好成都文化名城这张牌，这恐怕才是成都文化产业的核心。

2000 年 7 月

根据《四川青年报》杨礁采访稿修改

世界只有一个成都

今天一大早，我照老习惯，到隔我家不远的滨江公园去散步。过滨江路口，看到一条横幅标语："我们只有一个地球，要爱护它"。哦，我知道了，今天是4月22日，是"地球日"。全世界今天都在开会，向我们共住在这个地球村的居民们发出呼吁：我们只有一个地球，要很好地爱护它，不能再这么肆意污染我们的环境了。

地球是我们人类的母亲，对于她的子女从来是非常仁慈的，它总是慷慨地赐予我们所需要的一切，让我们生息于此，劳作于此，发展和繁衍于此，并不要求我们回报什么，只希望我们和睦共处，繁荣康乐，以青山绿水来报答她。可是我们这些不肖子孙，总是互相交恶，用战争来践踏地球，肆无忌惮地剥削地球，浪费资源，砍伐森林，污染环境，使我们居住的环境越来越恶劣。我们的地球母亲伤心地忍受这一切，已经到了难以忍受的程度。她的宽怀和仁慈是有限度的，过了限度，我们就要遭到惨痛的报复。现在事实上我们已经在忍受环境恶化所带来的灾难了。

我跨过街口，走进南河岸边的滨江公园。这里树木葱茏，花枝招展，水波荡漾，空气清新。在这里那里的树荫下，许多中青年，男男女女，在悠扬的音乐伴奏下，翩翩起舞，或者和着强烈的鼓点，在如痴如醉地跳迪斯科。在一些空地上，有的在舞剑，有的在打太极拳，有的在练气功，这当然以老年人居多。还有一些人却是坐在岸边的茶座里，摆开棋局，捉对儿厮杀。至于那些半大不小的娃儿，便成群地在大人活动的空当，穿梭追逐，想消耗掉他们多余的气力，不然就是去逗挂在林间的鸟笼里的小鸟唱歌。我却是找个幽静去处的石凳坐下，看那才升起的太阳在清澈的河面上投下的片片金波，在心里生出无穷的感慨。

这一片在整个成都说来不过是方寸之地的滨江公园，然而不久以前，还可算是成都市民在府河、南河流域里能找到的也许是唯一的一片绿化园林，也许是几十年前成都市城市规划中，整治府河、南河时照规划实现的一小块绿化地吧。自然这也是我几十年梦绕魂牵的一片乐土了。

成都刚解放时，我在成都市委工作，我曾分管过成都市的城市建设工作，后来我到省城市建设厅做厅长，还管着成都市的城市建设。我曾经带着成都城市规划工作的同志到北京请苏联专家指导规划。苏联专家听了我们的情况介绍，并看了我们带去的地图和规划草图后，得知成都是一个历史悠久、文化昌盛的城市，坐落在气候温和、物产富饶的“天府之国”里。周围的山川景观十分美丽，城市四周被两条河流——府河和南河包围着，城里中心还有一条御河围着古皇城，还有一条金河穿城而过。他十分兴奋地说，他在中国看过许多城市的规划图，以成都的人文景观和自然条件最好。他说像这样被河流包围且有河流穿城而过的城市，世界也少见。他很乐意指导我们规划。他说，一定要把成都建设成为一个十分绿化的美丽城市，一个历史文化名城。经过几次座谈，我们得到共识，在规划中，一定要很好地保留并规划好府河、南河、金河和御河，要把几条河流扩大，两岸建成绿化风景带，作为人民的游息之地，并且把猛追湾扩大成一个大的人工湖，可以调节城市气候，也作为东北主要工业区职工的休息之地。望江楼下面的江心岛也要全加以绿化，和望江楼相接。城市四周，西有草堂一带，东有塔子山，南有牧马山，北有凤凰山天回镇，可以建成为城市近郊的森林公园。城市里皇城要保留，大体分三个区域进行街区规划。南北中轴的大道一定要打通，北通北火车站，南通现在的南站，直达机场。南站将来可作为客车站。一定要把一切文化古迹保护好，使成都具有更高的文化品格。

说实在的，就这样一个规划大意，已经使我十分兴奋，好像一个美丽的绿化城市，一个文化古都，已经呈现在我的面前了。但是谁知事与愿违，后来经济建设并不如想象的那么顺利，这就失去了城市建设的前提。在实行具体规划时，又遇到小农意识的阻碍，许多事情行不通。道路打不通，街道拆不宽，皇城不让修，金河、御河不准扩大，连中心广场要不是趁成渝铁路通车典礼之机，且又连夜赶拆，说不定也扩建不成。府河南河绿化带的理想，当然更不好说了。后来事情的发展更糟，城市里绿化面积越来越少，绿化公园基本没有扩建。到了“文化大革命”，把什么都革掉了，皇城的古建筑拆了来修“万岁馆”，连金河、御河也填了来修防空洞，搞得面目全非。一个好好的美丽城市，被折腾成这个样子，我想为之一哭也没有资格，只有隐然长太息了。唯一令我高兴的是，幸好南河边搞的一段示范性的滨江公园，虽然也莫名其妙地被强修了几处房会，总算是保留下来，安然无恙。这片小小的绿化地段，就是我的希望。

虽然这只是一小块绿化地，而且常常被莫名其妙的先是临时后变永久的建筑侵蚀，又遭到各种令人叹息不已的人为破坏，而且躺在它面前的南河早已被弄成臭气蒸腾的排污沟，然而它仍是我的一片希望乐土，也可以说是所有成都市民的一片希望乐土。有它作为一个样板存在，天赐的或者远古祖先留给成都市民的、在世界城市中少见的府河和南河，便有希望照原来的规划或更好的规划，加以整治，使这条围绕成都市四周有如一串晶莹项链的府河、南河，能够恢复它固有的美丽面貌，青春焕发，光彩照人。使成都的市民、游息于成都的人都称之为母亲河的绿化带，有如儿女们依傍在母亲身边，那该是多美呀。

然而几十年过去了，我已到了将和母亲河告别的垂暮之年，仍然没有得见成都的颈项上这串珍珠的闪光。但是我并没有失去希望，我不相信这个为成都市民一直盼望着的、利在当代、功在千秋的工程，永无启动之日。我终于盼到了这一天。

“府南河整治工程将要开工了!”这个消息在成都市民中传开了，引起轰动。我半信半疑，等着瞧。我是干过多年工程建设的，我很明白这个工程的艰巨性。不仅需要大量的资金，庞大的建设队伍和机械装备，还要有巨大的魄力。就说要搬迁居民十多万人这一个工程项目来说，就不得了。倾全国之力来建设的三峡工程的移民一百二十万人，这个工程项目，就惊动全国上下，波及海外，据说要十年才能完成。成都要在一两年的时间内拆迁完，这搬迁需要的安居工程，又该要多少投资，建设多少住宅小区？然而成都市宣布的是整个府河南河整治工程，要在四年内完成，能行吗？

然而我随即听到：“府南河工程正式开工了!”我如听到一声惊雷，真叫不得了的了不得。而且我实地去看，是真的开工了，不是做样子的。我相信了。改革开放以后的新一代决策者和建设者，有胆有识，办法也多（比如滚动集资），就是比我们高明得多了。当然，成都市的全体市民上下拥护和参与这个工程，是决定性的。真是有钱出钱，有力出力地支持这个工程，众人一条心，黄土变成金，群众中蕴藏着无穷的创造力，什么困难也可以克服。我天天翻开报纸来读，我常常在南河上下走动地看，眼见那些河边破烂污浊不堪的民房一片一片地拉掉了，清理河道，建筑两岸护堤，铺筑两边马路，建设桥梁，开辟绿化地段，以及还有数不尽的前期工程、安居工程，都井然有序地而且可以说是日新月异地向前开展。我知道这该是多少工程技术人员的日夜操劳，殚精竭虑呀，我更知道这是多少普通的工程建设者，不避寒暑，不惧艰危，流多少血汗，以自己平凡的劳动，构筑成这么一个不平凡的伟绩呀。在这些劳动者中涌现出多少知名的和不知名的英雄呀。我常常在滨江公园的堤边，观看那挖泥机挥舞起巨大的臂膀，那运泥车川流不息地跑动，在心里便陡然添了一种自豪感。眼见着自己几十年前梦寐以求的理想，在我的晚年成为眼前的现实，“府南河工程”已经接近尾声了。

我在南河两岸，上下走动，看到那整齐的护河堤，拦水坝，宽阔漂亮的大桥，新开辟的绿化带上的小树和草坪，河边干净的座椅，使南河增色的小亭……不知道该说什么好。我只能说一声：“敬礼!”

现在“府南河工程”就要完工了，摆在我们面前的任务是如何把它管理好。我看到报上说的有些人就是不爱护“府南河”的工程设施，有的又向河里倾倒垃圾，排放污水。是可忍，孰不可忍？应该群管群防，执法以严。同时应该正告市民，再也不要污染我们的母亲河了。世界只有一个成都，我们要好好爱护她。我想大声疾呼：

“市民们，你爱你的母亲吗?”

当然，成都要真正建成为有高度文明的绿化城市，名实相符的文化名城，还有许多的事情要做。而且有些事，已经成为永远的遗憾，比如金河、御河的消失，城市中心区建设很不理想，建筑物造型和布局的零乱，还有道路面积规划不足引起的交通堵塞，街头绿化的过于缺少和脏乱，整个城市文化品位的有待提高，有些卫生死角的存在，市民公德的普遍欠缺，等等，都和一个文化名城的光荣称号不相称，有待大家的共同努力。但是我满怀信心，既然成都的人民能够做出整治府河南河这样惊天动地的伟大事业来，只要我们的城市经济更发达了，市民的文化素质更提高了，还有什么好事不能一步一步地加以实现呢?

最后我只想说："世界只有一个成都，让我们把她建设得更为文明和美丽吧。"

四川人民出版社将要出版一本作家李林樱写的歌颂"府南河工程"的长篇报告文学。他们送来书稿让我翻看了一下，不仅说到府河南河的过去，更说到今天"府南河"整治工程的浩大。为成都全体市民都关切的"府南河工程"出一本书，我看是应该的，而且写得也好，值得一读。他们要我写序，我说，我年事已高，精力不济，已经下了决心，不再为人写序了。但是在这本书的前面，我倒想借题发挥，大发感慨，也就是借他们的酒杯，浇我心中多年的块垒，于是有以上这么一篇其实不能算是序言的闲话。他们要拿去作序，也只好由他们去了。

1997 年 4 月 22 日

识途的辩证及品茶之道

西来老弟：

你在《光明日报》上，用我的名字，大做文章，考证了“识途老马”的典故，引用老杜“古来存老马，不必取长途”的美马诗句，然后大加发挥，议论老马识途又不识途的道理，并有我“失前蹄”的事实为证，不觉引发了我想和你讨论哲学兼及品茶的问题。

我本来不叫马识途。这是我在青年时代加入共产党时，我认为我终于找到自己的道路，才改成这个名字的。取义当然就是你说的本于春秋时代的那个老马识途的故事。然而却和你的“别一种猜度”，什么认识了“只有马克思主义，才能引导中国走上繁荣富强之路”毫不相干，那时我的觉悟还没有那么高呢。同时也还因为我从读中学开始，便显得有点老气横秋的样子，同学们便一直呼我为老马，于是顺理成章地自号识途，不过直到入党没有正式使用罢了。

在那国弱民穷，内乱不已，列强凌辱，眼见有亡国灭种之祸的时代，凡是有血性的中华青年都在寻找救国救民之道，那时，“只有共产党才能救中国”，是进步青年的共识，于是进步青年把延安当作圣地，把参加共产党作为自己最神圣的追求。如果有幸在考验之后被接纳为共产党员，当然认为是终于找到了自己的道路了。我也正是如此，所以入党后自认为找到了自己的道路，于是自号识途。

但是在我入党后五十几年的革命和建设斗争过程中，我才认识到，找到了道路，不一定就认识了道路，自以为识途，却不一定真正识了途。识途，走革命的路，那只是自己主观的动机和愿望。要真正识清道路，却还要靠自己艰难的反复的革命实践，只有在实践中才能使自己从不识途变成识途。只有在不断的失败和挫折中，不断总结经验教训，才能少犯错误，求得真知，最后直到识途。而且在这一件事情上识途了，在另外一件事情上又不识途了，在今天识途了，在新的明天又不识途了。不识途——识途——又不识途——再识途，往复不已，这就是识途的辩证法。

我回顾一下自己的道路，就是这么走过来的。似乎不识途和糊涂的时候，要比识途和清醒的时候多得多。而且恐怕不止我一个人，甚至更高明的革命政治家，甚至为国为民的政党，也逃不脱这个辩证法的制约。在他们还不认识世界客观规律的时候，自己的主观认识和客观世界不一致的时候，也不能不犯错误，甚至于犯大错误。只有用这样的辩证法的观点，才能真正认识和评价我们的党和历史伟人。那么区区如我，虽然自号识途，在我的人生途程中常常陷于不识途的尴尬境地，要犯这样那样的错误，难免在运动中受这样那样的夹磨，那又有什么奇怪呢？你说的在我随你们几位文人井冈山买茶误导你们买了不好的茶，那只算小而又小的失误了。

不过就这件事而言，我却还有说辞的。下面我就和你谈谈品茶的事。

我不知道你是不是了解四川人和茶是结下了不解之缘的。有人说四川人的一生中有十分之一时间，消磨在茶馆里，绝不是夸大之辞。我是四川人，行年八十，喝的茶虽然不敢狂妄地吹说比你吃的盐多，但我喝的茶着实不少。就是我做地下革命工作的年代里，茶馆是我们工作接头的主要地方，天天泡两三回茶馆是常事。于是对于品茶就有了一点知识。当然，中国茶文化是一门大学问，我所知者连皮毛也说不上。从各地不同的土壤、气候、海拔高低、采摘时间和方式、不同的揉制方法，出现各地不同颜色、品类、特色、档次的茶叶。如何泡茶饮茶，又是一部大学问，从不同茶具（如宜兴的陶质茶具最出色），不同的茶叶用不同水质的水，水温、泡法、喝法，都有讲究。至于喝茶的环境、氛围，那就关系更大了，什么时候，心境，和什么人，在什么茶舍，喝什么茶，茶椅茶几的摆设，助茶兴的零食，玩乐等等的不同，都会产生不同的效果。喝茶早已不仅是解渴，而是一种文化享受，一种愉快的生活方式。茶叶的高级和低级，茶具的精致与粗劣，对于各种饮茶人说来，其实没有特别的差异，要紧的是各人都从其中获得一种享受，一种满足。在四川乡下有一种十分粗劣的茶叶“老鹰茶”，又号“棒棒茶”，乡下的好心人用大锅熬起来，盛在大桶里，放在路边，供过路人解渴。那些贩夫走卒走热了，用粗布帕擦着大汗，走到桶边，用大土碗从木桶里满满地舀起一碗土红色的茶汁，一饮而尽，那种愉快，那种满足，是只可意会不能言传的。我自己就曾有这样的经验。这和高雅之士与茶友在书斋里用精致的小泥杯，一小口一小口地呷饮碧螺春所获得的快乐，其实没有什么差别。

我想我不应该在你面前再卖弄我这点可怜的品茶趣味了。还是和你谈谈我在井冈山误导你和黄宗江老买了不好的绿茶，因而赢得“不识途”美名的事吧。

那天傍晚其实只是偶然见你们几位雅士在市场散步，便跟了来，随你们走进茶叶铺买茶叶。伙计拿给我们看的是“井冈翠绿”，就是你说的茶叶极细、叶上带有细绒毛的，的确是好茶，不是雨前所采的毛尖，不会有那样的细绒毛。但是三十几元一盒（大约只有二三两，不是你说的一斤），实在太贵，于是退了出来，走向坡道茶叶地小贩的地摊边。那里有麻袋装的茶叶出售。于是我们蹲下来在薄明中查看，凭我的经验，那茶叶颜色暗绿，叶细而带绒毛，是和“井冈翠绿”同时采的雨前毛尖，只是农民不会揉制，香气差了，而且略带泥腥味。价钱却砍到了二十元一斤，便宜多了。于是我就鼓动你们各买了一包而归。我也买了一包回宾馆试泡，因水不开，没泡出味来，且略有泥腥味。看来我真的不识途，误导你们买了你不如意的茶叶，于是引出你的洋洋洒洒的大作。我的不识途客观上助你触发灵感，也算我的贡献吧。

但是我要告诉你，不同的茶叶，却取得不同的感受。这种茶叶我拿回来后用鲜开水重泡一杯，并且把冲的第一杯水倒掉，喝第二杯水泡的，泥腥味感到少一些了，绿茶的本味也就出来了。在我看来这的确是价廉物美的茶叶。我想是不是你这个喝茶的“老坎”（四川方言，其意不能言传）泡得不得法。从你的文章看，你大概是用滚开水泡的吧，绿茶竟泡成黄赭色红茶模样，就是上好的雨前毛尖，也会被你糟蹋的。泡绿茶的水温是不可超过八十度的，而且不宜马上盖死茶杯盖。看来老弟对于喝茶的基本功还比较缺乏，却责怪起我这个老马不识途，无乃太冤乎？但我还是要说，喝茶之道忒深沉，要说喝茶之道，我还在门外，没有上道呢。从这个意义上说，我的确是当之无冤的“不识途”。而且我已是日薄西山的人，对于喝茶一道，大概会是永远不识途了。

此致

文安

识途老马

1994年1月3日

人生三境界

人的一生，大约都要经历三种境界：不知不觉（自然人）；知而不觉（社会人）；先知先觉（天人合一）。

从朦胧，清楚，到觉悟；从生存，生活，到超脱。

尼采说的，1. 合群时期，2. 沙漠时期，3. 创造时期。合群，个体在群体活动之中；沙漠，自我意识觉醒，在寂寞中思索；创造，找到自己，趋于永恒。

宋代禅宗以修行分三境界：1.“落叶满空山，何处寻行迹”，原始直觉，向自然追问自身起源，“我何人，从何来，往何去”，“寻”的境界；2.“空山无人，水流花开”，人从自然中脱离，找到自我，“无”的境界；3.“万古长空，一朝风月”，自我超脱，超越时空，天人合一。

严羽在《沧浪诗话》中提出学诗三境界：1. 其初，不识好恶，连篇累牍，肆笔而成；2. 既识耻差，又知畏缩，成之极难；3. 及其透彻，则七纵八横，信手拈来，头头是道。

人之初，性本善，不辨美丑，天真自然；及至认识规律及成法，熟知社会，自然，则陷入迷惘，不知所以，不敢瓷肆；再则摆脱一切束缚，进入自然和觉悟之境，主体与客体相合，遂能“行住坐卧，无非是道，纵横自在，无非是法”。

潘德兴云：诗有三境，学诗亦有三境，先取清通，次宜警练，终尚自然。

王维在《人间词话》中，以禅学、诗学、美学三者融会贯通，以为人生有三境界："古今之成大事业、大学问者，罔不经过三种之境界：'昨夜西风凋碧树，独上高楼，望尽天涯路'，此第一境也；'衣带渐宽终不悔，为伊消得人憔悴'，此第二境界也；'众里寻他千百度，蓦然回首，那人却在灯火阑珊处'，此第三境界也。"

我得心得曰：此自在，自为，自由之三境界，亦迷惘，探索，获得之三阶段也。而三阶之上，再上一层，便从获得之"有"，到达无所有之"无"。更上一层，则从有与无，到达"有有亦有无，无有亦无无"，从有为到无为，再到无为而无不为。此或达到"禅"之境界：人生大解脱，思想大觉悟，世界大圆满之"天人合一"之境界乎？

洞穴文化

面子问题

结婚讲排场，置办高级家具，买齐大屏幕带遥控的彩电等家用电器几大件，还要上大酒楼摆上十桌二十桌带五粮液的高级酒席，招待的烟，云烟还嫌太土，起码要进口的万宝路，才有资格抛来撒去。这样一花动辄几千上万元，不这样办就显得穷酸，不光彩，先讲好条件的新娘子也进不了屋，上不了床。于是自己的积蓄用光，还要借钱来办，结一次婚，还五年债。有的未进洞房，先进牢房。为了结婚，劳民伤财，奔走几个月，无心上班。亲友同事，还要身不由己地拿出份子钱送礼，有的还要顾面子，互相攀比，打肿脸充胖子，造成经济困难。我国一般人并不富裕，为什么要办这种务虚名而受实祸，损人不利己的事？为什么大家都知道这样不好，却还是要鼓起眼睛去跳岩？——面子问题。

看到一些青年，刚领工资，便三个五个在馆子里大吃大喝，要了许多菜却故意剩下不吃，更不屑吃不了兜着走，以表示自己的阔气，结果回去后顿顿吃泡菜下饭过日子。有的在馆子里要的菜故意不吃完，却回去啃冷馒头充饥，这是何苦来？——面子问题。

听说我国的面子问题，已经进入商品经济的大潮中，表演得更为出奇。北京的大款们，在斗富的场合中，为了绷面子，比赛用烧钞票来给香烟点火。这还不算出奇的，听说你办一万元一桌的酒席请我，我办五万元一桌的酒席回请你，我的面子比你大五倍。第三个大款干脆图个六六顺，把三十六万元钞票甩在餐桌上说："就按这个数办一桌。"那面子当然是大大地有了。现在在经济发达的广州，听说出现了黄金宴。黄金既不能消化，也没有什么味道，然而大款们还趋之若鹜，听说生意十分兴隆，为的什么？还不就是为了绷"大爷有钱"的面子吗？

在我们的日常生活中，这样的例子，真是俯拾即是。为了面子干蠢事，干坏事，所见多矣，而且由来久矣。清朝的皇帝要绷面子，以自己是居于天下之中的中国的皇帝，外国人都是从不开化的夷狄之邦来的臣民，只要他们肯叩头，割地赔款都可以同意。为的什么？面子。阿Q只要挨打后以"儿子打老子"来宽慰自己，便可以得胜回朝了。他为的什么？面子。鲁迅笔下的这位宝贝中国公民的精神，大家给取了个名号叫"阿Q精神"。

从我们日常所见的种种现象看来，阿Q并没有死，他在我们之中还活得有滋味，大有百年长寿之势呢。死要面子的"阿Q精神"这种民族劣根性，什么时候才能在中国绝迹呢？

1993年

过节琐言

这两年来，在我国出现了一片安定祥和歌舞升平的景象。在电视上除了看不完的各种先进表彰会、发奖会、歌颂会、首发式、新闻发布会等等的热闹镜头之外，近来又增加了南北西东一片过节的热闹镜头。全国各省、各市，都在过各种各样的节，颇为红火，各种名目的艺术节，电视节，灯节，花节，名酒节，龙舟节，鬼节，火把节，孔子节和以各种圣贤名字命名的节，东坡节和以文化名人命名的节，女儿节，还有各种交流会、洽谈会、交易会。听说有的地区和县也正在开动脑筋，编排出各种名目的节，要办大家办。全国一片节声，真是伊欤盛哉！

既然是过节，就要摆出过节的样子来，就要满城张灯结彩，装饰一新，一片喜气洋洋。豪华的宾馆，高级的餐厅，正在进行微笑服务的训练，准备喜迎贵宾；各个文艺演出团体自然是在紧张准备载歌载舞的精彩节目；为了以壮观瞻，还要动员许多学校的漂亮姑娘和小伙子，天真烂漫的乖娃娃，在大小广场、会场，莺歌燕舞，造成狂欢场面。但是这还不够，必须到全国各地以至海外，去高价邀请一些正在“走穴”忙得不可开交的歌星、舞星来一展风采。这是提高知名度从而提高票房价值的紧要措施。这样的节日，除了邀请国内省内市内的名人、名家、政府要人、企业巨子来参加，尽力提高知名度外，还要千方百计去邀请一些不管在外国是不是有名或者是不是有钱，只要鼻子高得足以证明是外国人的真的或半真半假的学者、名流、企业家、商人、艺术家光临盛会。因为这么一来，就可以提高“节”的档次，一跃而挂上“国际”的头衔了。而且如果真能在过节之余，进行经济洽谈，谈成几笔外国投资，几笔生意，于是名利双收，那固然好，就是只谈成几笔哪怕只是并不可能实现的或肯定大半不能实现的意向性协议，也是足以提高主办节日领导的兴奋度的，在报上也可以大书特书一笔，大吹特吹一番，证明这个节办得多么成功。这确实是这个城市十分光彩的事，也是主办人的政绩表现啊。

你要说办过节后，冷静地算一算支出收入，不光是金钱的支出收入，还要算一算这么多人时间精力的支出收入，到底如何，是不是得不偿失？你马上就会被嗤之以鼻，说你这个人怎么这么不识时务，这么不开窍，这么落后于时代。不要说算起经济账来，肯定是收大于支，而且在提高这个城市的知名度上，在表现出我们社会安定、繁荣昌盛、歌舞升平的太平景象的这笔政治账，岂是用区区一点经济开支算得清的吗？你听了之后，你不得不折服得一躬到地，再拜而言：“敬领明教，茅塞顿开。”

让我们都来过节吧，哈哈。反正只要肯开动脑筋，不愁编排不出节名来，不愁搞不出花样翻新的热闹场景，不愁请不来走穴的明星歌星，不愁请不到退而不休，乐于来剪彩、揭幕、坐排排以示支持的老领导，不愁请不到喜欢旅游的海外华人和洋人。

在这里，为了避免杂文的片面性而力求杂文写得全面一些，我必不可少地要发一个“严正声明”，我绝不是反对一切节日。有些国家的节日，是应该办得热闹一些。也不反对那些真正的文化节和真正的意在展示经济实力，扩大商品宣传，进行投资洽谈、商品订货、合同协商的经济节。我反对的是那些其实既没有文化价值，也没有经济效益，为了赶浪头而勉强编排出来的这样节那样节。那不过是为了提高那个地方的知名度，从而也提高那里首长的知名度。为了完成“本届政府十大任务”之一，而劳民伤财地举办起来的什么节，这样的节其实是表现“一窝蜂”的老作风，是那些喜欢做表面文章，搞形式主义以哗众取宠的官场恶习。不老老实实地干实事，依靠形式主义和起哄，是搞不好经济建设的。这只会劳民伤财，而绝不会给“本届政府”带来什么光彩，给政府首长带来什么政绩。

把戏切莫揭穿

我每天早上在人民南路散步，近来总看到有一群人站在人行道上，走拢一看，是几个青年男女围着一个穿着标准藏服的女青年，那位“藏胞”（或者“准藏胞”）的手里拎着一件看似豹皮的短大衣，结结巴巴地好像汉话都说不来的样子在兜售她的那件豹皮大衣。旁边围着的青年正在拉来扯去地又摸又看，有的嘴里发出赞不绝口的声音：“是真的豹皮。”另外一个女青年发出异议：“看来好像是真的，价钱卖得也还便宜呢。”第三个青年说：“嘿，你没有听懂她说的话？她是出来跑滩，遇到难处了，才这么拿来贱卖的。”第四个女青年好像是从这里过路的，她止步听了一下，用手抓住那件皮衣，看了一下又捏了一下，点一下头，问道：“多少钱?”那个穿藏服女青年说：“五百。”那个女青年说：“货倒是真资格的，可惜要价高了一点。好了，我出两百块钱拿走。”说罢从身上掏出两张一百元的票子，就要拿走那件皮衣。那穿藏服的抓住皮衣不放，直摇头。旁边一个青年打帮腔：“你这位大姐识货，就是心狠一点，把价杀得太低了。好了，我来说句公道话，照说还不止值五百，你诚心要买，就给她四百吧。这位藏胞看来也是出门在外，遇到难处，莫奈何了。”那位狠心大姐说：“好了，你说得好，可怜她，我给三百，一分钱也不能加了。”那穿藏服的女青年摇头说：“不行，四百也不行。”

他们这一群人在那里拉来扯去讲生意，一直没有讲好，却招徕了许多看客，有的在用手摸，有的在问价钱，十分热闹。我到得早，在里圈，有兴趣地看他们表演。那个说公道话的青年看上了我，对我说：“这位老干部，你说个公道，这么好的真豹皮，她想三百块钱就捡走，这不是在街上捡便宜吗？”我这个自然不应该属于他们那一类公道人的老干部，未置可否。另外一个青年便自告奋勇地向我推荐：“老同志，你就行个好事，救这位藏胞的急，三百五，捡个便宜吧。”

我这个“老同志”偏不想行好，也不想捡那个便宜，更不想去充当他们想拉进去的“客串配角”说公道话，转身走了。我从人堆里挤出来，看到很有几个想捡便宜的买主，在争着讲价钱，看样子可能给三百五，就能成交。

奇怪的是，就在这一条街的另一个地方，我发现同样的一幕戏在上演，也是一个身穿标准藏服的女青年，在充当这幕戏的主角，主要的道具也还是一件豹皮大衣。也有相似的一群配角演员，也是一个主持公道的人在做总导演，也同样围着一群傻头傻脑地望着，总以为有什么便宜可捡的青年男女。更叫我吃惊的是，这样拙劣的演出，竟然有时天天早上出现在那条街上，有时隔几天上演一次，有时又在另外一条街上上演了。看起来那个藏族女青年家里一定是养豹的吧，不然她哪来那么多的豹皮大衣？从他们的连台演出还看得出，他们的生意大概还不坏。这么大的城市，几百万人，并且还有从外地来的几十万过路客人，哪里找不到几个四川话叫“老坎”上海话叫“阿木林”的喜欢捡便宜的人？

我不止一次地看这幕戏的演出，以致那位公道人把我认出来了，对我再也没有兴趣，甚至对我有几分防备的样子。其实我绝无意去揭穿他们的把戏和骗局，看他们这一群六七个无业流民，就是靠这么一个小骗局过日子，每天每人能骗到手的钱，恐怕也只能勉强糊口。看他们那么小心翼翼地认真演出，而且随时用眼睛在四面逡巡，深怕被警察抓到，或者被看客揭穿，也怪可怜的。比他们玩的这种小把戏小骗局大得不知多少倍的大把戏大骗局，不是天天在稠人广众之中，生、末、净、旦、丑，七进八出地公开演出吗？不是大家天天津津有味地在欣赏，而且心向往之地也想去充当一个角色吗？既然在这个世界上的各种经济和政治市场中的大骗局，尚且没有人去揭穿，我又何苦斤斤于这些小人物的小骗局呢？

大小把戏天天在玩，大小骗局天天在演，为了这个五光十色的世界更加丰富多彩，为了看那些生、末、净、旦、丑演得更加煞有介事，千万不要去揭穿那些把戏。

五十步笑百步

我们大院的一个保姆张大娘到医院去看病，在医院门口碰到一个自称可以用气功治愈百病的所谓“气功师”。他断言张大娘有病，不治有危险，于是东说西说，把张大娘骗到一边去，听任气功师给她治病。那个气功师给她做了种种气功治病的表演后，开口要她拿几十元治疗费。张大娘说哪有这么贵的，但是那气功师不由分说，在旁边两个“歪人”的威胁下，把张大娘身上的几十元钱全抢走了。

大家听后当笑话来说。说张大娘到了医院门口，不进去找医生看病，却叫并不高明的江湖骗子连骗带抢，干蚀了几十块钱。其实这算不得什么笑话。现在骗子到处都有，在医院门口行骗的江湖郎中，还是小的。我家的一个保姆过年回家时，在汽车站也被几个卖假药的人设的并不神奇的骗局骗走了几百元钱，连手提包也被拿跑了。我听了也笑一阵，但是我马上不笑了。这有什么可笑的！我笑她其实是五十步笑百步，我自己和老伴不也一再被假新闻假广告误导而上当受骗吗？

头一次就是为了减肥。我倒不是像某些人到中年还想青春永驻而又不想从事费力的保健运动的妇女那样，想保持自己苗条的倩影，便去求助于应运而生的各种各样的减肥妙药。我已是年逾八十的老人，早已没有青春再来的梦想，我想减轻自己的体重，是为了减轻心脏的负担，以苟延残喘。我在天天走路还未见大效之时，刚好看到报上的减肥食品广告，那上面说得煞有介事，有理有据。说这种食品富含营养素，既保证人体所需，又能燃烧掉多余的脂肪；说只要同时节食，吃上几周，包定减肥，真是妙不可言。我们这种工薪族囊中羞涩，也决定忍痛花几百元，买来试他一次。正在这时，我的朋友告诫我说，那种食品他吃过，不过是富含蛋白质而少脂肪的食品，黑乎乎其实是像芝麻花生之类的东西，这么一改装，一宣传可以减肥，在报上大做广告，搞新闻发布会，雇几个人现身说法，大吹特吹，于是身价十倍，把消费者口袋里的钱掏了过去。你要说吃了无效，他们会说出千条理由来辩解，如说你服法不对，你身体条件特别，如此等等。朋友说减肥食品是减肥剂的第一代产品，现在第二代产品也早已问世了，只是你孤陋寡闻。

果然在几种报纸上已经登有似乎比那减肥食品更好的减肥药。请重庆的朋友花一百元买一包寄来，不久成都市场上也有卖的，而且掉价到七十几元一包了。我看还是食品模样，也说要节食，不吃饭或少吃饭，尽量吃蔬菜。我本来就吃饭少，吃蔬菜多，办得到。但是服用一阵，竟不见效。我知道上当了，而且这种药似乎在市场上也消失了。这时我收到什么单位寄来花粉，请我试吃，也说是可以减肥的。我知道那意思是要我写文章帮助宣传。我吃了，好像对身体是有好处，却未必能减肥。而这时从报上的广告上看到，第三代减肥药已经上市。那就更好，几全其美，既无须实行痛苦的“节食”，又不必顾虑停药后的反弹。我想技术进步是自然的，这一回也许真行。然而我已经没有兴趣提供身体给食利者做新产品的试验了。因为我终于从一篇文章中得知，欧美人中百分之七十五不相信这种吹牛广告，中国的情况也许不同，但是我也应该稍微有一点觉悟了。

第二次，轮到我的老伴。她的耳朵突然聋了。我从报上看到一条像是新闻又像是广告的文字，说某医院可以治耳聋。我们赶到那里，那医生倒好，看了一下，说他们治的效果慢，这种耳聋应该赶快到大医院去抢救，我们这才知道耳聋还有抢救一说。我们赶到华西医科大学附院，教授看后，还嫌我们去晚了，要赶快抢救。经过他的努力抢救，总算没有全聋。这时我看到一张报上连续登出一条明看像是新闻报道，只是从文尾有求医的电话，才猜出可能是广告，那上面说是耳聋者的福音，可以复聪。好消息，老伴和我按址去就医。那里好像是私人承包的公家医院，进去以后，并未经过通常的诊断程序，一说是治耳聋，就直接叫打针。医生在老伴耳朵边一个穴位打进半寸多长的一种针，输入一种什么药水就完事了。问是什么药水，不说。那一定是秘方。另外还拿了一包中药和两瓶西药。在这里看病当然是自费，一结账，两百多块钱。那一针药水就值九十几元。什么药水这么贵？不好问，只得照单付钱，认了。我倒是担心那针打那么深，注射药液的清洁性如何。还好，虽然老伴说无效，却没有惹来别的麻烦，谢天谢地。不久以后，我的一个在外县住的老朋友来成都看我，一进门我看他提了一包药，那包装纸我不陌生。问他干什么来了，他说来治耳聋的，也是在报上看到我和老伴看到过的文字，说那里治耳聋有奇效，便远道而来求医的。而且他花五百多元钱，多买了一些药回去。我不能说什么，但愿在他的耳朵治聋上，真的出现奇迹。只是我的老伴再也不敢去领教了。

但是我们却到另外一个医院去领教去了。这一回是想解决老伴的失眠问题。还是靠的报纸上登载的一节老伴说是新闻我说是广告的文章指路，找到了那个医院。医生好像也没有经过望闻问切的过程，一说治失眠，马上开单取一个疗程一个月的药。药费四百九十五元。医生看我们有点吃惊，老伴可能要打退堂鼓的样子，便问我们是公费还是自费，我们说本是公费，但外找医院只能自费。那医生便改成半个月，说先吃半个月再看吧。我们拿起药单去取药，看见又是一包草药加一瓶西药，要付两百多元，老伴不想取，我还是取了拿回来。不知是不是老伴没有信心的缘故，吃了并没有产生医生说的半个月便开始生效的结果。这一回钱又白扔了。

从此我们就产生一种下意识的条件反射，凡是看到那种说是可以医好耳聋眼瞎气管炎心脏病等等疾病有奇效及效、说得神乎其神的广告新闻或叫新闻样的广告，以及那种在报纸、广播和电视上吹得玄而又玄几乎可以包治百病的灵丹妙药，或什么一吃便可聪明起来或长生不老的山珍海味，我们就再也不想去领教了。即使我们明知有些广告其实是真实不虚的，我们也还是一朝遭蛇咬，三年怕井绳，总在那报纸上似乎看出一个大问号似的。即使耳聋眼瞎，心脏发病要了老命，我们也不愿像张大娘那样落下笑柄。

这样的虚假广告或有点像是“有偿新闻”样的广告新闻，在打假之际，是不是也应该治一治？

1996 年 5 月 6 日

洞穴文化

最近报上登了一条有趣的消息，并附有图片。一个从农村到城市里来淘金的汉子，穷而无告，居处无地，便在府南河（我还是不肯放弃祖宗千年留下的名牌，叫它锦江）岸边一个废弃了的下水道里寻得安身之处。据说这个洞主，住在其中，怡然自得，从附的照片中也可看到，他卧有床，坐有凳，望有洞户，避潮隔水，自有一法。且用旧竹帘挂作门帘，旧席作靠席，饮食之具，排泄之处，一应俱全。据报道描写，他在其中，真是优哉游哉，自得其乐，真可称城市之中的桃源洞主了。想不到古代的洞穴文化复见于今日。

我不知道记者描绘的是不是真的那么有趣，我也不敢相信穷而无告的洞主，真就那么潇洒。我可以肯定地说，那种废弃的下水道里，阴暗潮湿，臭气充溢，绝不是一个现代人可以安居的地方。一个进城来谋生活的农民，竟然住在下水道里，这可以引发对社会问题的思考，至于那些喜欢在中国逐臭的某些海外记者，可以用这来证明中国之不文明，甚至可以很方便地把他描绘为受迫害者。

然而这些我都不想细加推敲，我想说的是，记者把那里简直描绘为洞天福地，如果那个洞主真的就那么怡然自得，这就可以印证四川的一种文化思想，用四川的一句俗话说，就是“叫花子跳加官——穷作乐”。

穷作乐，的确是四川人的一种惰性表现。不仅表现于这个洞主的随遇而安，得过且过的心理素质上，而且表现于四川人的各个方面。往好处说，就是颇受外边人称赞的四川人的潇洒，悠闲，乐天知命，安贫乐道，自满自足的性格。往坏处说，却是现在很不合时宜的四川人的性格的外露，懒散，目光短浅，逆来顺受，安于现状，因循守旧，不求长进，害怕竞争，小富即安。这种性格当然不是四川人所独有，这是小农经济在意识形态上的必然反映。在那种经济环境中，人们受够了天灾人祸，否泰祸福，无法预知，自己的命运，无法掌握，便产生这样一种无可奈何的心态。在那样的经济环境中有那样的心态，可以理解。但是如果时至今日，在市场经济的大涌动中，还自满于这种落后思想，甚至以此为乐，被描绘为桃源一般的尧天舜日，一种悠闲和潇洒，那就必然为时代潮流所卷走。

这种小农经济遗留下来的劣根性，已经使我们产生一种“盆地意识”，拖住我们的后脚，前进很慢，反而自宽自慰，比上不足，比下有余，进步不大天天走。这在新的西部大开发的浪潮中，非常有害，必须坚决抛弃。其实悠闲和懒散，有如一个银币的两面，当四川人的悠闲为人歌颂时，其实就是歌颂懒散，就是鼓励落后。为了四川不再落后，我看还是把那种懒散式的悠闲收捡起来，至少暂时收捡起来的好。当然，我必须附带说一句，如果外方称赞四川的潇洒、悠闲是指在竞争激烈的市场经济大潮中，奋力拼搏之余，去享受一种对身心有益的休闲活动，是指遇事不惊、从容对待的态度，是指四川人很喜欢的饮茶、美食、说书等文化活动，那样的潇洒、悠闲，倒是我们所提倡的，也是外方人所羡慕的。

2000 年 7 月 21 日

可悲，我给人家做活广告

虽然是我志愿的，现在想起来，还觉得在市场的商品大潮中，名人，甚至中央级的大名人，也可以被人弄来为商品做活广告，可悲。

通过一个文人朋友介绍，一位做广告行业的朋友来找我，说是有一种海内外知名的滋补产品，在全国行销得很红火，决定以这个商品为名搞一次征文竞猜大奖赛。看起来这好像是一次文化活动，但是明眼人一看便知道，这不过是一次别出心裁的促销活动。他们所以要广请名人作评委，无非也是为了提高这次活动的知名度和轰动性。说穿了，请的名人不过是出来为他们的商品做一次活广告而已。过去我从来没有参加过这样的促销活动，但是这次却碍于朋友两次登门敦请的情面，只好答应了。

于是不久在报上登出一张大的征文广告，列出皇皇的评委名单，我竟列评委之首，几位当过地方大官的头面人物，反倒列于我之后，我是有点惶恐的。大概以为我是文化名人，理应列为这次文化活动评委之首吧。我是第一次参加这样的活动，不知道如何评法。我想总得开评委会进行阅读审查和评选吧。但是过了许久，也不见通知开会。

又过了一些日子，我几乎把这件事淡忘了。忽然有一天我接到一张极为精致的请柬，要我去某大宾馆的豪华厅参加新闻发布会，要在这个会上当众宣布评选结果。没有评选，结果却出来了，有趣。

我按时到那个宾馆去。在漂亮的小会议室里，已经宾客满座。中间坐的自然是评委了，其中认得的人不少，有几个是原来的要人，现在退下来后还常常在电视里露面，在这里那里的各种座谈会、纪念会、首发式、新闻发布会上“坐排排”的名流。还来了不少的新闻记者和一些不认识的俊男靓女。各人对名牌入座后，面前都摆着一个精致的袋子。我打开一看，是介绍他们公司情况和产品的广告册子，那册子一翻开，赫然入目的是中央要人和北京名流的题词及老板和他们在一起照的相。还有一张这次评选中奖人的名单。头等奖一名，奖八千元，二等奖三名各奖一千元，三等奖十六名，各奖精美礼品一套，参与奖一百名，各赠公司产品一盒。名单上已各有其主。这个名单是怎么评选出来的，我一概不知道，大概因为我年事已高，公司早已有人为我代劳吧。我看大家都兴高采烈地在喝茶、吃糖果、说闲话，无人问起评选的事，我也知趣地不问这事。在袋子里还有一个写着我的名字的信封，我正想打开来看，旁边坐的熟人向我示意，现在不必打开。我才警觉到在这样的场合，那信封里的内容可能很有讲究，是不宜公开的。况且这时主人已经走到我的面前，发出请求，由我来向大会宣读评选中奖名单。这样的请求，我是不能拒绝的。

于是由主人宣布新闻发布会开始。接着向大家介绍来宾名人后，由我念中奖名单。自然都是照单宣读，大家鼓掌。接着名人各讲了几句很得体的赞扬话，记者们忙着拍照、摄像、记事。一切好像都是按习惯的程序办事，顺理成章，自然得体。新闻发布会不过半个小时就胜利完成。于是主人宣布礼成，请大家到宴会厅里参加宴会。

各人提起袋子，皆大欢喜地到宴会厅去了。这时会已开完，评委中有一位大家说堪称电视明星的名流，大概因为正在别的地方坐排排，赶不过来，特派他的秘书赶来表示祝贺，以见他的重视。他的秘书接过两个袋子，提起来和我们一同到宴会厅里去了。

在豪华宴会厅里，各个依名入席。席上摆的都是银光闪亮的银餐具，小姐招待，备极热情。那筵席之丰盛，的确叫我这个初来者大感惊诧。那些盛在各种精致的瓷器里、色香味俱全的名菜，都是我见所未见，闻所未闻的。比如那大海虾就是我没见过的，而吃甲鱼只吃精华的裙边，那也是极珍贵的。然而在别的客人看来，好像这只是平常事，见惯不惊，我更自惭形秽了。

在宴席上，杯觥交错之余，也谈到了目前滋补品市场上假货充斥的事。那老板却妙语惊人。他说："假货越多越好。仿造我们公司的产品越多，不是证明我们的这个产品很受欢迎吗？"大家都喝彩说："有道理，有道理。"我在自己的肚皮里却说："你倒不说，你们那产品根本没有多少真东西（我看过一个报道，上海曾经检查过，滋补品，多是名不副实，含量普遍只有0.17%），却卖得很贵，获利很大，正因为这样，造假仿造的才多起来的。"但是我还是跟大家一样，为他的奇谈喝彩。他送的那纸袋子的作用，是不能小视的哟。

酒醉菜饱，大家提起袋子，握手告别。我想大家想的是匆匆回去，进行最紧要的一个节目：打开那个袋子，取出那个信封，看看那里边装的是什么东西。我也一样，回家后马上打开来看，原来是若干张票子。起初想，我无功受禄，只是念一下名单，就收人家的钱，虽然不多，总有些不安。但是后来一想，别的人去坐一下，甚至根本没有去坐一下，便心安理得收下袋子呢，我为他们唱了名，为他们做了活广告，受之无愧。老板将从这次广告活动中获取多少利润呢？我所得到的不过是九牛一毛。不过午夜扪心自思，为这点钱便把自己的名字卖了，为“假的真货”喝彩，不亦悲乎？

1996 年 5 月 11 日

饕餮在中国肆虐

孔夫子的“食不厌精，烩不厌细”的烹饪哲学，在现在的中国，可以说发挥得淋漓尽致了。看一看在我们这个九百多万平方公里的国土内，哪里不是在吃喝成“疯”？哪里的大小宾馆、五光十色的酒楼饭店、餐馆、海鲜楼、火锅店，不是日夜灯红酒绿、纸醉金迷地在大摆筵席、大宴宾客？哪一天没有新的大酒楼、大餐馆、火锅店，在花篮簇拥的门口，时装小姐们正牵着红绸，只待请来的在位的“长”、不在位的“长”、名人、大腕、大款们金剪一举，便红火开张？哪一个餐厅里不是桌上菜盘堆成宝塔，酒瓶琳琅如林，或者酒酣人散，杯盘狼藉，男女食客一个个喝得东倒西偏，吃得口歪眼斜，闹得人仰马翻？怪不得有些做官的和做生意的人告诉我说，他们的肚子已经到了承受的极限，不胜宴会的负担了。以致有人建议，各领导机关要专设一个官，找那肚子大，酒量好，善辞令，会打哈哈的，也就是现在说的会“公关”（有的说这两个字应改为“攻关”，才名实相符，姑且存疑）的人来当，专司送往迎来，陪酒陪餐。把当官的从酒肉生活中解放出来，多干点实事。也许这是一个从实际出发的建议吧。

中国古代传说中有一种贪财嗜食的恶兽，号曰饕餮，就是古代钟鼎彝器上常见的有首无身、张着大嘴巴的那个家伙。《左传》

上又说："缙云氏有不才子，贪于饮食，冒于货贿。侵欲崇奢，不可盈厌；聚敛积实，不知纪极，不分孤寡，不恤穷匮。天下之民比以三凶，谓之饕餮。"饕餮到底是一种什么样子的恶兽，现在的动物学家恐怕也是考证不出来的了，但是从古代钟鼎彝器上雕刻的那副尊容和《左传》上形容的那副德性看，也许可以从某些餐桌上大嚼大咬的人群中，找到其模拟的形象。所以古人把贪财贪食之人称为"饕餮之徒"，今天看来还十分贴切。现在可以说是大河上下，长城内外，朔北之野，南海之滨，首善之都，僻远之乡，我们所见的饕餮之徒，实在太多了，如果要艺术地夸大起来，真可以说是，且看今日之域中，竟是饕餮之天下！

据说现在一些有身份的人吃的有资格的宴会上，不特吃得又精又细，而且吃得越来越怪，大有在世界吃喝竞赛大会上独占鳌头、捞大金牌的趋势。人们不仅在怎样吃上有许多创造发明，而且在吃什么上也越来越有新的发现。什么家养的野生的都吃，过去从来不吃的东西现在也吃，管你什么国家一级二级保护动物或植物，一样照吃不误。而且以别人吃不到、不敢吃，我却能吃到，我敢吃为荣，以我"偏要吃到"来显示自己的富豪、能耐和权威。现在不是一切都讲自由了吗？大爷有钱，钱能通神，有钱能买鬼推磨，只有想不到的，哪有吃不到的？爱吃什么，就自由地吃，谁管得了你？谁要管，摔出一摞子百元大钞票去，何愁什么关节打不通？现在是连到阴曹地府都建立了交通渠道，阴阳间的外汇也已有银行承办。阴森森的地府也已经可以自由去旅游了，吃点怪东西又算得什么？看他们在筵席上那么得意忘形地夸口，说吃过什么稀奇古怪的东西，大吹他们发明的稀奇古怪的吃法，我简直怀疑要不了多久，他们就要烧烤小孩了，那比烧烤小猪，也许其味更美吧。

这样吃人的事，在中国古代的书籍里，不乏生动的描写，《水浒传》里就有开黑店吃人肉包子的事。在英国有一个叫斯威夫特的著名作家，有感于社会上人吃人的凶残，在他的一篇讽刺杂文中建议吃小孩，并描述吃小孩之美，之乐，之必要。英国社会实行过没有，不得而知。我国现在以讲吃怪东西闻名于世界，说不定什么时候，我们的菜馆老板，异想天开，真把斯威夫特的这个建议付诸实施，还会做广告说，这除开有斯威夫特说的那些好处外，在中国还有可以减少人口增殖的妙用呢。在中国吃个把人这种过剩的产品，又算得什么大不了的事？

正写此文，我偶然看到一张小报报道，说三峡的什么地方有一个菜馆，赫然挂出“吃人肉席”的招牌。据说进进出出吃人肉的食客还不少，又说警察在那里也视而不见。读到报道末了，才知道是吃的女人生孩子留下的胎盘肉，原来是玩的故弄玄虚，耸人听闻的广告把戏。过去只听说有用胎盘做的药，却没有想到现在进步到直接用胎盘做成菜肴，公开地上市了，并且大模大样地正儿八经地宣传说是“吃人肉”，并且说滋阴补阳，味道鲜美云云。这也许可以满足那些被饕餮兽神附身的人表演他们贪财嗜食的野蛮天性吧。然而这是令人极其恶心的吃法，这也是令人极其反感的广告。如果那些来三峡旅游的外国人看了广告，拍张照片，拿回去一登报，美国的那些人权卫士们岂不是又找到了鼓噪的好材料，说中国人是吃人生番吗？但是那些做这种人肉买卖的人，利令智昏，只要用这种骇人听闻的广告能多捞票子，哪个管你什么有损国格，有辱人格。

什么时候饕餮恶兽才不再在中国大地上肆虐呢？等着瞧。听说新的检查公款吃喝风的文件已经下来了。

1994 年 5 月 27 日《四川政协报》

并非荒唐的建议

我正在为我国吃喝成“疯”的不良倾向应该遏制大声疾呼的时候，前不久忽然从《羊城晚报》上看到广州吃“金叶宴”成“疯”的事。这使中国的吃喝成“疯”，又向前大大地迈进了一步。最可怪的是，在报上赫然登出插科打诨文人为之吹嘘的小块文章，介绍吃金宴之美、之妙、之绝、之盖帽、之大款、之有益于贵体，非言语之所能表达。并且说是中国古已有之的，那当然是中华的优秀传统文化了。而且说这种优良传统文化，早已传进日本，那里早有吃金宴的风气。中国典籍中载有多少古代帝王贵族吃过金宴，恕我孤陋寡闻，不得而知，倒是常见有弱女子吞金饮恨而亡的记载。至于日本，因为发了财，那便什么都足以为我们的楷模，已经成为某些华人的思维定式。把日本正在吃金宴便作为我们也可提倡吃金宴的根据，当然也就是理直气壮的了。

于是华灯初上，大款腰缠十万，带上靓女美男，到豪华的酒楼包间，大开金宴吧。据报载金宴分两等，二万几一桌和三万几一桌，也不算贵。比起北京那些大款们在大酒楼上赌阔气，你包一万元一桌，我就包五万元一桌，他干脆甩出三十六万元钞票在桌上，大言曰“六六顺，图个吉利，就按这个数办一桌”的架势，简直算是寒碜的了。

但是偏有一个不识相的文人，根据科学的道理著文说，金子和其他人体所需要的微量元素不同，是胃液所不能消化的，（我们在初中化学课本上就知道，要由腐蚀性极大的浓硝酸、浓硫酸合成的“王水”才能熔解金子）吃下去根本不可能被人体吸收，会全部排出体外，毫无营养价值可言。如果还有不识相的经济学家著文说，金子是国家最可贵的财富，不应作如此不必要的浪费云云，这实在是大煞那些提倡吃金宴的酒楼老板和那些摆阔的大款们的风景了。

现在有些事情，是不应该说穿的，说穿了便一文不值，徒然见其荒唐和愚蠢而已。我虽然无福参加金宴，但是我相信，那些吃金宴的大款们吃了哪怕只一回金宴后，也会知道金宴其实不是什么美味佳肴，那金子吃在嘴里既不香，也无味，还嚼不烂，消化不了。也不可能因为多吃金宴，就可以使自己身体的含金量提高，成为一个成色十足的金人，从而提高了自己的身价。但是他们还要吃下去，因为他们吃的其实不是金子，而是吃的“派头”，吃的“身份”，和他们在手上戴上一个价值连城的钻石戒指，金表金链金扣，还陪着一个满身珠光宝气的金色女人，是一样的道理，不过表示他们的富贵身份而已。因此为了繁荣经济，我赞成他们把金宴继续大吃特吃下去。现在是无奇不有的时代，也许他们吃金宴吃得多了，可以锻炼出一个特别坚强的胃，胃液已经转化成为可以消熔金子的王水，因而可以把肉体转化成为金身呢？而且即使消化不了，拉出来的金粪落在中国大地上，还是中国的财富嘛。不过在下有一个建议，把他们排泄出来的含有金子的宝贵粪便收集起来，拿到贫困山区，既可肥田，又帮助脱贫，真是一举两得，岂不妙哉？

我还想提出一个建议：吃钞票宴。其法是百元大钞配以名贵时鲜海味和各种好香味作料，或炒或煮或蒸或炖，或油炸，或红烧。钞票是植物纤维所造，是可以吃的，不难消化，且纤维可以利便，只要用科学方法除去油墨即可。如果佐以“香酥支票卷”，其味更佳。这和吃金子不是一样的么？反正是吃个派头，吃个身份。一盘钞票做的菜，花一万元，实也不难。钞票吃了，国家可以得利，这真是富国利民之举。当然最好在宴会上也学京门大款们，作用大票子点火抽烟比赛，那就更能使钞票宴增加光彩了。

有志于想出特异吃法以赢得高额利润的酒楼老板们以及怀抱着今天不吃白不吃，不花白不花，以为明天就要下地狱的大款美食家们，又何妨一试呢。如果有人说我说的“钞票宴”是荒唐的，异想天开的建议，我实难苟同。既然“黄金宴”不是荒唐的事，并且已经在广州等地风行起来，何独苛责于我建议的“钞票宴”呢？

狗咬人不是新闻，人咬狗才是新闻

新闻学里有一个关于什么是新闻的规范化的例证："狗咬人不是新闻，人咬狗才是新闻。"这已经为中外新闻界所公认了。

但是在中国，现在偏有人提出关于什么是新闻的另外的定义，说："人咬狗不是新闻，狗咬人才是新闻。"何以见得？他举了许多新闻报道的现成例子，如：某县教师的工资，长期拖欠不发，而同时却有用公家的钱去买漂亮的进口小轿车回来让领导摆阔气，自然也是摆威风的。这未见报道，想必这不算新闻。但是当县委书记下去视察学校，发现教师工资长期未发，下令马上发放，教师们得知，于是感激涕零云云。这就上了报纸，而且进行了广播，这当然就是新闻了。又如：某领导机关自律检查，没有领导下去吃喝，没有人收受贿赂，受到上级的表扬。这上了报纸，进行了广播。这当然也是新闻无疑了。再如：某县领导下去视察抗旱救灾，群众十分感动，上了报纸，也上了电视，这当然更是新闻了。

领导下去本来就不该大吃大喝，收受贿赂，这是领导的本色，是公务人员必须遵守的准则。领导下去指挥救灾，本来是人民公仆的本分，履行自己的职责。这都是常规常事，正如狗有时要咬人是常规常事一样，算不得是新闻。然而在我们这里却成了新闻，而且如此郑重其事，岂不是狗咬人成了新闻吗？教师一年辛苦教学，竟领不到工资，特别是有钱买豪华小轿车，而无钱发教师工资，这是反常的，正如人咬狗一样的反常，应该是新闻，然而报纸不予报道。好像那已是常事，见怪不怪，不算新闻了。这岂不是人咬狗不算新闻了吗？而身为县委书记早就应该知道教师疾苦，在视察中发现了，下令发放，这是应该办的事，早就应该办的事。不是施恩，不值得教师感激涕零，为什么要作这样的新闻报道？岂不是常规的狗咬人反倒成为新闻了吗？

为什么在中国有些时候和有些地方，会出现人咬狗不算新闻，而狗咬人反倒成了新闻呢？因为那里人咬狗反常的事多得司空见惯，已经引不起新闻记者的兴趣，不作为新闻进行报道了。而本来应该办的事情没有办，现在竟然办了，反倒成为奇事，大有新闻报道价值，于是在那里，狗咬人反倒是新闻了。

报纸电台报道了这些本不该是新闻的新闻，正如报道了某地狗咬了人一样，这本身就具有讽刺意味。这种新闻如果从另一面去读一下，也许可以发现新闻后面有颇为意味深长的新闻。从这个角度来评价这种新闻，也许正是一种化腐朽为神奇的创造。而我现在来写这样的新闻奇事，岂不也是把人咬狗作为新闻了吗？

1994年11月24日《文汇报》

和青年朋友
谈读书

我怎样写起小说来的

有的文学青年写信问我是怎样写起小说来并且成为作家的，我一直没有回答。《文艺报》编辑部也曾经要我写一篇《走向创作之路》的文章，我也一直没有写。为什么？因为在我说来，与其问我怎样走上文学之路成为作家的，不如问我怎样走向革命之路成为革命家的。我写作品是当作我的革命工作的一部分来办的，我写的作品也都是我的革命斗争生活在我的头脑里反映的记录，虽说这反映是能动的反映，这记录是经过集中概括和艺术加工的记录。

说实在的，从我青年时代参加革命斗争以来，从来没有想过我要努力奋斗，立志当一个作家。那个时候，中华民族正在苦难之中，大好河山被人宰割，有沦为殖民地的万劫不复的危险，中国人民正在水深火热之中苦苦煎熬。一切有血性的中国青年，无不为民族的危亡而怵然于心，无不想奋起救国，拼死斗争。我和许多青年一样，一心想的就是找寻革命的道路，抱定“我以我血荐轩辕”的决心，参加革命斗争。那个时候压根儿没有想到要写作品，要当作家。在工作之余，也阅读文学作品，但不是为了消遣，我主要是读我国和苏联以及一些弱小民族的作品，大都记述人民的苦难和斗争的。我从那里汲取精神力量。那个时候我甚至还提笔写过作品，大半是快板、唱词、特写、杂文、报告以至评书和活报剧，还写过时事报道、政治评论以及宣言、传单之类，什么都写，只要这些对革命起一点宣传鼓动作用就行了，随写随用，随用随忘，从来没有想到要登在刊物上或集印成书。20 世纪 30 年代至 40 年代，我甚至还写过真正的文艺作品发表过，还和光未然一起办过文学刊物，其实也只是为了鼓动革命。我那时想到的就是革命、革命，面对的就是生与死的搏斗、血与火的战争。我为胜利而欢歌，我为失败而痛苦，我为敌人的疯狂镇压而切齿痛恨，我为战友的惨烈牺牲而放声痛哭。我以能和人民吃一样粗粝的饭、没盐味的菜羹，和他们长一样的疥疮，打一样的摆子，滚一样的草荐，生一样的虱子而感到欣慰。我也和他们吸着一样辛辣的叶子烟，在星光下的池塘边、晒坝上或土地庙前摆谈奇闻怪事，诉说希望和梦想，为和他们分享一样的困苦和灾难而感到幸福。就是这样，年复一年，这些人物和事件都慢慢地沉落进我的记忆的底层，逐渐变成思想的矿藏。而新的斗争、新的人物和事件又涌到我的面前来，我又投身新的斗争洪流中去了。

解放以后，更为繁重的工作任务、各种新形式的斗争，几乎占据了我的全部时间，吸干了我的全部精力，新的更加激动人心的人物和事件，不断地涌入我的头脑。过去的人和事一层一层地沉积在我的记忆之中。只有在偶然的机会，和战友闲谈过去的斗争生活，或悼念某一位烈士或者偶然在某一个当年的景物面前，烈士的遗物面前，一颗火星突然在我的心间爆发，一束火苗在我的心中炽烈地燃烧起来，照亮了当年的革命历史画卷，那些人物又栩栩如生地在我的眼前晃动，甚至在夜间打扰我的清梦，在漆黑的夜里立在我的床前，和我谈笑，向我诉说，呼吁他们复活的权利，这个时候我才感到我有义不容辞的责任，提起笔来。于是我真的提起笔来，写一些已经烂熟于胸的革命年代的人和事。然而也不过迫于无奈提起笔写一写罢了，没有想到要送到刊物上去发表的。只是有的节假日中，应青年们的要求摆龙门阵，或者应报刊的要求，写点回忆录，并没有要当真写文学作品的念头，更没有要当作家的愿望。

可以说是很偶然的机会，或者从根本上说，并不是偶然的机会，我在回忆录的基础上，写成一篇小说，在《四川文学》上发表并在《人民文学》上转载，马上引起文学界几位前辈的注意。我不能忘记的是当时中国作协书记处的几位同志，特别是邵荃麟、张光年、严文井、郭小川、侯金镜等同志，自然还有沙汀等四川的同志。他们给了我很大的鼓舞，要我挤出时间来从事创作。我还记得邵荃麟同志把我找去，对我说："看了你的作品，并不知道你是什么人，但是可以想见你是一个很有革命斗争历史的老同志，而文笔又有一定的特点。你是可以写作的，而且应该写作。打开你的巨大的革命生活的宝藏吧。"这时在一旁的侯金镜同志插话："看来你那里有一个生活的富矿，你是不能拒绝让我们来开采的。"邵荃麟同志又接着说："当然，你也不能停留在朴素的摆龙门阵和回忆录上，你应该把富矿拣出来，加以淘洗筛选，然后进行精心地提炼，凝结成闪光的作品来。"

哦，我明白了，我已到了应该写和能够写的时候，就是说创作的素材在我的胸中烂熟了，可以动手写了。但是不能停留在摆龙门阵和回忆录上，不能受真人真事的局限，而应该集中概括，塑造典型，也就是说要进行艺术加工。其实我在写回忆录中已经深深感到了，当我在静夜冥思时，忽然过去生活中的许多人都跑了出来，站在我的面前，要求我在作品中给他们分派角色。然而角色是有限的，不可能每一个人都各安一个位置，于是我把同类的人物，有的来自湖北，有的来自云南，有的来自四川，各取其突出的特点，合并起来（合并这个词可能不够贴切），集中概括成一个更富于生命力、更生动活泼的人物，也许这便叫作典型人物吧。这样，涌到我床前的人物都皆大欢喜，隐没进黑夜里去了。

我便这样半推半就地写起小说来了。

我说半推半就，确是实情。起初，我还只是在刊物编辑部写信、打电报、派人来的紧催慢迫下，利用繁忙公务中的闲暇，偶尔写一两篇，大都是革命传统故事，其实不过是把我最熟悉的人和事，集中敷衍成篇，多少有些被动应付的意思。但是一当编辑部转来一些青年读者的热情洋溢的来信，说从我写的小说中获得了教益，要向书中的英雄人物学习，并且盼望我多多写作时，我窃然心动了，编辑部和作家们也以为对青少年进行传统教育，老同志有义不容辞的责任。哦，我写的作品对于青年是有益的，对革命是有用的，这也算是一种革命工作，那就写吧，我一个人能干两个人的活儿，何乐而不为！于是我打起精神来搞创作了。

但是奇怪，我这么写下去，从应付编辑部催稿，变成主动想写想送了，过去沉积在我的记忆底层的人和事，一下子被翻腾出来，像走马灯似的在我的眼前转动。有时半夜醒来，当年许多革命人物跑到我的面前，在催促我，责备我，问我为什么不把他们的斗争事迹写出来。有时扰得我不得安宁，于是爬了起来，打开电灯，伏案疾书，直到天明。这时我便感到十分欣喜。有时害懒，硬是不写，便感到十分烦恼和苦闷。真好像日本的厨川白村说的是“苦闷的象征”似的。我为此请教于当时文艺报社的侯金镜同志，他说：“这说明，你现在已经到了非写不可的时候了，非一直写下去不可的时候了，而且这是创作力最旺盛的时候，是可以写出比较好的作品的时候，千万莫错过了。正像你已经把深埋在你的脑子里的文学丰富矿床的盖子揭开来，许多闪光的矿石暴露出来，你不去开采出来，加工提炼成闪光的金属，是不可能的了。这就是文学创作中说的‘烂熟于胸，呼之欲出’，你是无法，也不应该拒绝写作的了。”

真的，我不再把写作当成一种应付交卷的苦差事，而变成一种冲动，一种权利，一种废寝忘食也甘之如饴的快乐，一种神圣的革命责任感了。我下决心，一方面我必须完成我的公务，一方面利用一切可以利用的业余时间，包括占用一部分我的正当的睡眠时间，完成我的创作任务。我的确曾经自许，要把一个人变成两个人来干活，要把剩余的三十年变成六十年来使用。这是 20 世纪 60 年代中的事。可惜的是，十年浩劫来了，我的人与文俱在，被揪了出来，过去的辛苦创作被当成证据确凿的反革命活动，写好的初稿，积累的大量素材和资料被没收和销毁了，我的旺盛的创作青春被扼杀了。——这是题外的话，不说了。

当时，我到底不是一个专业作家，我不可能抽出更多的时间来学习文学知识，研究创作经验，很难精心锤炼，拿出很有分量的作品来。而且我也量定了自己这个“半路出家”人的本事，不过能写一点比回忆录稍微精彩一点的故事罢了。但是这只要能对青年进行革命传统教育发挥作用，只要能达到这样一个目的，我也就心满意足了，便算完成了自己的历史使命，又何必非分地想“藏之名山，传之久远”呢?

然而我有时又不能不为自己的笨拙的文笔气恼，那些惊天动地、可歌可泣的斗争，一想起来，便使我的心灵的弦索震颤，有时为那些可敬可爱的人物而感动得抽泣，我在写的时候，有时也文思潮涌，笔下如注，甚至来不及写，不得不在稿纸边临时记下几句话、一段事备忘，有时在奋笔疾书时，身上感到冷得发抖，而心里却感到热得要命，简直像一锅开水沸腾起来。可惜这么生动的人和事，这么激扬的创作冲动，写下来的文稿，看了一遍，感到不行，改了几遍，越看越不像样，于是放下，压它半年一看再看，才找到了修改的路子。但还是感到力不从心，词不达意。我这才明白，要搞文学创作，深厚的生活积累，固然是第一要紧的；要反复酝酿，烂熟于胸，呼之即出，并且有了强烈的创作冲动了才动手写作，也是十分必要的。但是即使具备了这一切，而自己的艺术表现能力很差，写作技巧不行，就会有像茶壶装汤圆，倒不出来的苦恼。所以要想写作，必须下苦功夫磨炼自己的艺术表现能力，这对我说来，甚至是更为迫切的事。对于某些有志于写作的青年说来，恐怕也不是可以等闲视之的事。

当然，我要把话说回来。现代的青年，如果他想成为一个革命的作家，首先要求自己是一个革命家。要像老一代革命作家曾经经过的那样，参加到刀与剑的搏击、血与火的斗争中去，经过痛苦的磨炼，积累丰富的经验，行有余力，才可为文。现在的青年作家就应该深入到现实的生活中去，到“四化”的建设洪流中去，到工农兵火热的斗争生活中去，无条件地去革命，去建设，不要老想到自己要成为一个伟大的作家，要创作鸿篇巨著。只有等你积累起丰富的生活素材来，那些人和事已经烂熟于胸，而且革命的激情激发起你的强烈的创作冲动，有如胎儿躁动于母腹中一般，这样你才可以从事创作。而且我要说，你是一个怎样的人，就只能写出怎样的作品，你的思想水平多高，你的作品水平多高，言为心表，文如其人，这是丝毫不爽的，你如果想创作革命的作品，你必须首先做一个革命的人。鲁迅曾经讲过：“我以为根本问题是在作者可是一个‘革命人’，倘是的，则无论写的是什么事件，用的是什么材料，即都是‘革命文学’。从喷泉里出来的都是水，从血管里出来的都是血。”这虽说已是老生常谈，我却认为十分重要，而且也是我谈自己从事文学创作过程这一篇话的主旨。

节选自《文学之路》（河南人民出版社 1983 年出版）

和青年朋友谈读书

《青少年与社会研究》编辑部要我谈点什么，盛情难却，我就来谈一谈书的问题吧。

先说一说，读书是为什么？

你们会说，当然是为了学习知识，增长才干。不错，但是学习知识，增长才干，又是为了什么？那回答可就不一样了。有的人说，为了报效祖国，服务人民嘛。对，有的人真是言行一致，学成报国，为人民服务，做无私奉献；也有的人公私兼顾，为国家也为自己；还有的人表面为国为民，骨子里为家为己。现在更有的人思想“解放”，信奉“人不为己，天诛地灭”的哲学，赤裸裸地宣称他的行为准则就是追名逐利。那么，我们读书究竟为了什么？这是每一个读书的人，必须思考并且用自己的实践来回答的。

我是读书人，关于读书为了什么，曾经经历过不同的回答过程。

小时候读私塾，教我们的老夫子开宗明义地教导我们，读书就是为了求取功名，光宗耀祖。我信了这个，并且发愤攻读那些“子曰”“诗云”的书，希望将来能求得一官半职，成为人上人。在中学的时候，我听信了老师的读书救国论，相信中国积弱都因工业落后，要发愤读好数理化，将来以工业救国，而且也相信“学好数理化，走遍天下都不怕”的道理。但是我的数理化还没有学好，工业救国的美梦却被日本侵略者的炮声打破了。我才知道不打倒日本侵略者和一切反动派，中国人民是翻不了身的，个人也没有出路。于是我读书的目的，就改变成为中国人民的解放，为中国的革命了。于是我学以致用，废寝忘食地读讲革命道理的书，并且义无反顾地去参加革命斗争。为中国人民的解放，尽了自己的一分力量，达到了我读书的目的。

可见一个人读书目的明确了，读起来就非常专心，非常努力，可收事半功倍之效。我以为，现在的青少年，特别是学生，如果把自己读书的目的，明确为建设社会主义祖国，并且选择好自己最喜欢，将来最能发挥才干的学科，钻进去锲而不舍地学习下去，并且去参加建设祖国的社会实践，持之以恒，必有成效。

再谈谈读什么书。

如果你是学生，当然首先要读好学校安排的一切功课，特别要紧的是要把打基础的功课学扎实，万丈高楼平地起嘛。但与此同时，还要多读一些更生动更具体的参考书和课外读物。特别是学文科，又特别是学文学专业的，更需要读大量的课外读物。中外许多作家，并非出于文学科班，而是有了丰富的社会经验，同时又大量地阅读文学作品，勤奋地坚持写作练习，才终于成功的。这就是“熟读唐诗三百首，不会吟诗也会吟”的道理。而且我以为，读文科的人一定要读一点理工科的书籍，同理，读理工科的人也一定要读一些文科的书籍。

如果你是在业的青年，自然首先应该多读与你业务有关的书籍，和新技术新信息的业务有关的参考材料，不抓紧时间多读点书，很快你就会落后于时代潮流，办不好事，被人瞧不起，老话叫请你“高就”，时髦话叫“炒你鱿鱼”。你要是做生意，说不定在汹汹市场中被人打倒，你的生意就变成没有“生意”了。当然，除开读业务书外，还应该养成习惯，每天抽时间读一些各方面的书籍杂志，这对于扩大你的视野，增长见识，大有好处，为开拓你的业务提供帮助。我发现，现在许多从事业务工作的青年，特别是做生意的青年，不再喜欢读书，这实在是一个大缺点。一个国家，没有文化，是要挨打的，一个人没有文化，事业上不可能获得很大成功。

最后说到怎么读书，那可是各有千秋。言人人殊，不可一概而论。我在这里只说说我读书的习惯。我通常是拿到一本书后，先看内容简介和序言、后记，了解这本书能够给我些什么，再翻看一下目录，看有些什么内容。然后先从头读它一章，或者随便选择一章读读看看。读得下去，我就从头到尾通读一遍。如果我觉得好，就再读一遍，或者再读其中的某些章节。如果感到很有味，我就要精读全书或者其中一部分了。既然是精读，就要做笔记，写心得，甚至写评论文章了。当然，别人有关这本书的介绍和评论文章，也要找来读一读。

这是我的读书习惯。不过近来我发现，我这个习惯有些不适应了。有的书光看那封面、书名、简介、内容提要和目录，以至序言和后记，是很吸引人的，说得玄而又玄，妙而又妙。但是拿起书来读时，发现有的书硬是读不下去，不得不丢下。有的书耐着性子硬着头皮读完了，才知道其实没有多少干货。有的书似曾相识，原来是东抄西摘，七拼八凑，鸡零狗碎的杂拌儿；有的书看起来道貌岸然，故作深奥，其实不过是从外国去“倒”来的歪货，只是改头换面，加点佐料，贴上“中国造”标签罢了；有的书是编造惊人的材料，用哗众取宠的语言，花里胡哨的外表来糊弄人。至于文法不通，词语混乱，别字连篇，却冒充为指导青年的读物，也并非少见。还有些并非读书人，也不是编书的内行，却打起吓人的招牌，骗取名家的作品、自传、签名、照片等，依靠剪刀糨糊，编出各种名目的皇皇巨著来，既以沽名，又以赚钱，竟还大登广告，说经销多少册，就可以列名编委或副主编这样的海内奇闻。这些人钱迷心窍，哪管读者上当受骗？我在上当之余，在这里奉劝热心的青年读者，买书时要多长一个心眼。我还想特别提醒青年读者，在当前人欲横流的时候，千万不要被那种很有诱惑力的精神鸦片麻醉住了，那种东西享受多了，可以使你中毒，可以使你精神堕落，甚至可能走上犯罪的道路。这些话我想并非题外的话吧。

《青年社会》1993 年创刊号

学习写作寄语

摆在我面前的是几期《写作学习》，编辑部要我为这个刊物写一篇文章。我忽然想起来，有许多作家，包括刚出头的新作家告诫新学写作的青年说，不要相信那些“文章作法”“创作经验谈”之类的书和讨论写作的流行刊物，认为读这样的书刊并不一定能写出文章来，至少不能写出好文章来。他们的证据是：你何曾看到写这样的书，办这样的刊物的人写出过什么大块的文章和作品？如此说来，《写作学习》这样的刊物岂不是徒劳无功了。

这样的高论，听起来颇有道理。然而我不认为全有道理。诚然，如果有人以为只要读了这些书刊，便如吃了灵丹妙药一般突然在手上长出一支生花妙笔，从此可以写出大块文章和出色作品来，那就像有人以为在家里熟读了《游泳术》便可以下水去沉浮自如，熟读了《烹调须知》便可以做出佳肴美味一样的荒谬。然而，似乎不可以因此就说，著《游泳术》《烹调须知》这类书的人罪该万死，出版《写作学习》《创作谈》之类讨论写作的书刊便是贻误后学。我以为这样的书刊对已有成就的作家说来，也许（我说的是“也许”）不值一顾，但是对初学写作者说来，却是很有益处的。他们总可以从中获得一些写作的基本知识，为写作大块文章和美妙作品的将来奠定开始这一步，有何不好？对于才出头的新作家来说，自己才渡过迷津，总不应该回头便指着渡他的船（这渡船很可能还不够完善舒适），对尚未渡过迷津的人说“这条船是没有用处的”吧？

奇怪的是，尽管有人贬斥，这种讨论写作、指导创作的书刊却仍然大量出版，且有日益兴旺之势，以至于有人投机取巧，滥竽充数，欺骗初学写作者。可见问题不在于告诫初学写作者不要去读这样的书刊，而在于这样的书刊应该怎样提高质量，初学写作者应该怎样正确地阅读这些书刊。如果有个别这样的书刊办得不好，充斥以死板教条和八股文章，还打出“包写文章”的狗皮膏药式的招牌，而有的初学者又怀抱着寻求“登龙术”这样的心理去阅读它，结果毫无所获，便指责说这类的书刊一无是处，那就难免因噎废食之讥了。

所以我以为像《写作学习》这样的刊物，不仅可以办，而且可以办好，对于初学写作者大有好处。我翻看了一下《写作学习》这个刊物，我以为是办得比较生动活泼的，切合初学写作者的实际的。有些文章我也获得教益。因此我乐于为之喝彩，希望这个刊物好好办下去，作为初学写作者前进的手杖也好，作为“人梯”也好。

说了这样一大篇我以为并非多余的话，我才来和学习写作并立志要当作家的青年朋友谈一点心。

初学写作的青年想把自己锻炼成为一个作家，这不仅无可厚非，而且值得鼓励，我也相信将从这些初学者中涌现出有才华的作家来。

但是，我想说，当你在孜孜不倦学习写作的时候，不要忘记你想要做一个怎样的作家，你想做一个怎样的人。练习作文，首先要练习做人。要想写出好的作品，首先要把自己锤炼成为一个真正的人，鲁迅先生曾经说过的“从喷泉里出来的都是水，从血管流出来的都是血”这句名言，就是指这个说的。

所以我总是劝初学写作的青年，不要老想着当作家，而要深入到群众的“四化”建设中去，不仅身入，而且心入，认真和人民休戚相关，命运与共，建立深厚的感情，只有置身于生活大海的底层，才能发掘出生活的奇珍异宝、可歌可泣的人物、美丽纯洁的心灵，只有那些诗情画意的场景，才能激发你的创作热情，也让你在火热的生活中不期而然地积累了大量素材，有朝一日你真的就写出了好的作品来，真的当成了一个作家。任何时候不要忘记：人民是作家的母亲，生活是创作的源泉。

我还想说，文学作品是现实生活在作家头脑中反映的产物，然而这种反映是能动的，而不是机械的。作家的脑子不是一面平板的镜子，他所反映的生活都是经过他能动地改造过了的，包含着他的思想和愿望。为了正确地反映生活，他必须正确地认识生活，恰当地评价生活，并且艺术地描写生活，看清生活的本质和现象，主流和支流，不致为绚丽多彩、复杂多变的生活现象所迷惑。他还必须学会运用辩证唯物主义和历史唯物的观点，去清楚地认识生活和评价生活，提高自己作品的思想水平。

我还想说，从事文学创作，要有一定的语言水平和艺术表达能力。很难想象一个别字连篇、句法不通、不擅修辞的人，能写出一篇好文章来。这种写作基本功必须下苦功夫才能学到手。除开要学习基本词汇和语法修辞知识外，还要系统地学习文艺理论，掌握文学创作的基本原理，更重要的是多读中外名著，撷取精华，多练习写作，熟则生巧。没有这样的基本功，即使你有多么深厚的生活底子，多么良好的写作热情，也是无济于事的。

最后，我还想说，最好不要以天才自居，不要想一鸣惊人，开头最好就自己日常生活提供的素材，写点通讯、报道、特写、散文和短篇小说，逐步提高自己的写作能力，再从事鸿篇巨制。其实要写出好的散文特写、报告文学，特别是短篇小说，非尽毕生之力不为功。一篇作品写成之后，最好多看几遍，虚心听取别人的意见，摒除“文章是自己的好”这种心理。只有那些敢于否定自己的人，才最终肯定了自己。我见许多青年习作者急于发表自己的文章，想一举成名，初成一篇便四处投递，结果稿被退了回来，便怨天尤人，埋怨编辑目不识珠。满腔热情降到了零度，以致一蹶不振。搞文学创作看来是大苦事，只有吃过苦头才能领略其中滋味。

我说的这些，其实卑之无甚高论，不过是老生常谈，然而有些老生常谈还是常常谈一谈的好，只要有现实意义，便会常谈常新。

《写作学习》1986 年第 6 期

要重视通俗文学

这几年来，在我国出现了一股低级庸俗读物充斥市场的逆流。一时街头巷尾，车站码头，茶楼酒肆，到处兜售这种宣扬色情、凶杀、斗殴的下流书刊。这才是真正的精神污染，虽经政府几度采取行政措施，以至使用专政手段，断然查禁，但是至今似乎查而不绝，禁而未止。大家都为这种精神垃圾不能清除而担忧。

为什么社会主义的我国会出现这样的文化现象？有人说这是在开放改革、发展商品经济的过程中，某些文化商人投机骗钱的缘故；有人说这是由于海禁一开，台港的庸俗读物偷入大陆，大家乘机仿效的结果；还有人说是在“文化大革命”之后，民族文化水平低落，新一代青年只能欣赏这种精神产品，如此等等。也许都可以言之成理吧。但是我在这里从我们文学的角度提出一个值得思考的问题，即我们以向群众提供精神粮食为职责的文学家们，是不是真正完美地向他们提供了充足的、为他们所欢迎的精神粮食？

我不否认近十年来，作为文学正宗的雅文学取得了很大的成绩。我也以为在文学创作上应该努力探索新的形式，表现新的思想。但是却也出现了一种远离生活、脱离群众的现象。有的作家一心只想超凡脱俗，成仙成道，去攀登那虚无缥缈的艺术高峰，俯视下界患了精神饥渴症嗷嗷待哺的“下里巴人”，慨然不顾，这种倾向如果形成时髦，势必造成作家与人民之间的鸿沟。作家如果抛弃人民，人民自然有理由抛弃作家，那就是不买你的账。于是一些雅文学刊物销路日蹙，几乎要“雅”不下去，以至有的提出“以俗养雅”的对策来。

另一方面，我们本来就有“文以载道”的传统，要求一切文学作品追求政治效果，从来不容许或不重视娱乐性和消遣性的文学作品的存在。过去那些满纸公然或隐然说教的“劝世文”，如果在强力推行之下还一时行得通的话，现在的读者却头脑清醒得多，不理会灌输的那一套了。现在是商品经济，他们花钱只买他们喜欢读的书刊。

看看，过于高雅的文学作品，他们读不懂，政治说教的文学作品他们不想读。然而任何人都需要文化享受，需要精神食粮。而且在他们劳动之余，需要娱乐和休息，以恢复体力。再没有人愿意去干那种“一天等于二十五小时”的傻事了。他们在看戏、听音乐、看电影电视、打球、下棋、打牌、进行体育活动、旅游、跳舞之外，还想在公余之暇，旅游途中，阅读一些轻松愉快的文学书刊，即所谓“软性读物”。这样的需求，不仅那些凡夫俗子、市井小民有，就是那些政治家、企业家、科学家等所谓精华人物，何尝就没有？如果作家只能给他们提供“硬性读物”或“未来文学”，他们便宁肯去寻求低档次然而又对他们味儿的读物。可以说，充斥市场的那些庸俗读物，以至那些必须取消的精神鸦片，就是在这样的文化背景下，大走红运的。

幸喜这时有一些有心者，包括一些作家，在汹汹洪流面前，并没有躲进象牙之塔，或远遁山林，而是面对“下里巴人”精神饥渴的现实，创作一些合于他们阅读能力和欣赏能力的作品，也就是大家说的“通俗文学”“传奇文学”之类。或许，这些作品的艺术水平是不高的，这些作家也难登入文学殿堂，然而，他们正干着严肃的工作，抵制了庸俗读物，甚至维护了雅文学。而且现在开始为文学界一部分人所注目，在《人民日报》上辟了讨论通俗文学的专栏了。

然而我觉得还很不够。虽然这种通俗文学书刊事实上在和庸俗读物竞争，占领了相当大的读者市场，社会效益和经济效益多是好的，但是在雅文学的殿堂里似乎还没有他们应有的地位，那些作家似乎还被人“打入另册”。他们的事业亟须支持和指教，他们的作品亟须提高其艺术水平，许多成功和失败的经验应该进行总结，许多通俗文学理论应该进行研究。特别重要的是很希望有一批雅文学的作家，与他们为伍，以更好的艺术表现能力，创作出大批为中国老百姓喜闻乐见的通俗作品。说实在的，就是有本事的作家，要写出像老舍、张恨水和海外某些消遣性流行小说作家的同样水平的作品，并不是一件容易的事。不仅要放下架子，而且要重新学习。更重要的我以为在文学界要树立一种思想：不要小视通俗文学。这便是我所呼吁的主旨。

《写作》1988 年第 10 期

也说现实主义

前两年在北京一个偶然的机会，碰到了《人民文学》编辑向我要稿，并且指定要讽刺小说。我虽然知道他对我的确是出于一番诚意，当时我却感到有点惶然。许多老作家的名字多年不见于《人民文学》了，我的作品还能登上这个大雅之堂吗？特别是我这些老一套的现实主义讽刺文学作品，还能邀当代读者一顾吗？几年以前，我曾经在本地文学刊物上发表过一组十二篇讽刺小说，每月一篇。可怜得很，除开少数和我相濡以沫的朋友和我认同外，无人评论。后来在当地一份评论刊物上发过一篇评论文章，那恐怕也不过是替我遮面子的文章。这种冷落，是够难堪的。但是我终于明白了，我的作品大概是很不入时流，真的落伍了。不仅我的现实主义创作方法是落后的，而且老是不肯跟上新潮，既不愿“淡化”，也不想“远离”，却偏要执着地然而是拙劣地反映生活现实，针砭时弊，追求社会效果。这和当时颇为风行的“文学就是文学”，文学的高格在于“无用”的种种新奇宏论，自然大相径庭。

然而我自己觉得，我既然被卷入作家的行列，总受一个作家良心的驱使，想写作品，想用自己最能驾轻就熟的形式来写作品，不想朝秦暮楚地不断改换门庭。也不想过“家而不作”的安闲生活。于是自己除开写点容易惹是生非的杂文外，还继续写点小说，甚至还写点讽刺小说。但是自己看看，老是没有长进，还是老一套的现实主义。不敢送出去，害怕忍受吃闭门羹的痛苦。连本地的刊物也不敢投，人贵有自知之明嘛。

可怜的是，自己偏又不甘寂寞，在马克思的或者阎王的报到通知书没有收到以前，总不想放下自己手中的笔，而几十年不平凡的生活积累起来的素材中的那些可歌可泣、可喜可笑、可悲可鄙、可恨可恼的人和事，却总是那么鲜活，常常在夜中来打扰我，许多人物在责备我，呼吁他们出世的权利，不愿意随我的骨灰盒埋入地下。于是我又拿起笔来，一篇两篇、一本两本地写下去，即使永远不得出世，终将沦为虫蠹鼠啮之资，也顾不得了。

1990 年 3 月号的《人民文学》的编者话中，我忽然发现有这么几句话，“遗憾的是，这一回我们未能拿到老一辈小说家的新篇什”，我的眼睛忽然亮了起来。自思自量，我算不算是老一辈小说家呢？我年逾古稀，“老”总是算得的，是不是那“一辈”的“家”，就大可怀疑，虽然我的抽屉里的确可以找到一本中国作家协会的会员证。但是总算可以得到一个信息，《人民文学》到底还没有忘记老一辈小说家，还欢迎他们的投稿，只是“未能拿到”，而且引为“遗憾”呢。这么说，我们这些“老一辈”的即使是现实主义的作品，在《人民文学》上，仍可以占有一席之地呢。于是我大受鼓舞，跃跃欲试。

但是我在一本刊物上看到一篇文章，题目是“不能用现实主义限制作家”，却使我嘿然嗒然。原来现实主义这几年被批得一无是处之外，还有“限制作家”这一条罪状。幸喜文章的最后说的是“领导者不能用现实主义限制作家”，可见作者是说有的领导用现实主义限制了作家，而不是说现实主义限制了作家。

回顾过去，领导用这样那样的方法，这样那样的手段，提这样那样的口号，以限制作家的事，的确是有的。是否有用现实主义来限制作家的事，我孤陋寡闻，不得而知。既然权威之论说是有，大概是有的吧。不过从我这个一直坚持现实主义的作家的切身体会看来，却以为这许多年来，在中国的文坛上，不是现实主义压迫了其他各种主义，限制了作家，而是现实主义饱受某些新潮作家和评论家的贬抑、揶揄、嘲笑和冷落。他们把现实主义创作方法指斥为一种落后的以至荒谬的创作方法。现实主义的作品那时是最背时不过的了。许多刊物上曾经为那些各种各样的新奇的“主义”大肆宣扬。不管是看来的，听来的，“倒”来的西方各种“主义”的模仿之作，以至几个人在沙龙里想出来的各种“主义”的尝试之作，都被一窝蜂地介绍，推崇备至，让这些作品占有刊物上最好的版面，给作者戴上各种桂冠，以为只有这些“主义”的作品，才可以矫现实主义之弊，才能开启新的创作时代。这样一来，现实主义的作品，在文坛上就难以立足，更不用说那些老一代的作家的革命现实主义作品了。这难道不是前几年的事实吗？不是现实主义在压迫谁，也不是谁在用现实主义来压迫作家，倒是有些作家、评论家在压迫现实主义。有些现实主义作家在受到种种非议和种种限制之余，不得不发出“给现实主义以文坛一席之地”的呼吁。

我以为文学创作并不是商品社会中的商品，必须时时赶行市，必须随时做广告，宣称自己是“誉满全球”，“领导时代新潮流”的。明明是一个皮包公司，内里货色不多，却要挂出大得吓人的中华的、环球的、太空的、宇宙的招牌，或者自吹是空前的、未来的、21世纪的新潮产品，招徕顾客，以求取最大经济效益。

我以为在文学创作方法上这个主义那个主义，都无所谓绝对的新或旧、好与坏，也没有多少争论的价值。每个作家都有权而且必要用他认为最能表现他的思想感情的方法和形式进行创作。还是多样化一点为好，哪怕是墙角一株小花，一棵野草，也可以为文学百花园增添光彩，不应受到贬斥和嘲弄。

平心而论，有些人言现实主义创作方法之弊，其实不是现实主义本身所具有的特性和表征，而是在特定的历史条件下，外加于它的要求。在我国历史的过程中，作家们用现实主义这个有力的武器参加革命斗争，在那种情况下，不得不赋予它较多的政治主题和政治色彩，要发挥宣传和号角的作用，这就是恩格斯说的“历史的内容”。这是任何一个时代的文学家都难以逃避的历史的责任感。但是如果要求太多太切，只强调其宣传教育的作用，而忽视其审美的功能和娱乐的作用，以至于损害了文学本质特征的审美特性，必然出现违反文学创作规律的概念化、公式化，图解政策和标语口号式的作品，这既害了文学，也达不到宣传教育的作用。这样做过头的事是有过的，这就妨碍了文学的正常发展，给文学带来一些桎梏。然而这是现实主义之过吗？这些是外加于现实主义的东西，并非现实主义的本质特征，实在是现实主义之累。如果说做过头对文学有害的话，现实主义也是受害者。

我以为现实主义如果能减轻它不应背负的负担，充分发挥自己反映现实的长处和审美特性，是能够产生反映伟大时代的伟大现实主义作品的。而且现实主义也是一个历史发展过程，也在不断地发展和变化，还远没有发展到它的高峰。在和各种新的创作方法并行发展中，还可以吸取营养以丰富自己，使自己更富于表现当代现实生活。在过去世界文学创作的历史长河中，现实主义曾经产生过无数的伟大作家和伟大作品，我们有理由相信，更加伟大的现实主义作品，必然要出现在新中国。

我这样说，绝不是故步自封，不赞成引入世界上各种新的文学流派进行试验，不赞成从世界上一切优秀文化中吸取营养，不赞成各种文学创作方法百花齐放，各呈异彩。我们不赞成现实主义独霸文坛的愚蠢做法，正如不赞成用现代主义取代现实主义的做法一样；我们不赞成过分强调文学的宣传教育作用而损害文学的审美特性和娱乐作用，从而也取消了宣传教育作用，正如不赞成过分强调文学的本体性而导致文学上所谓“淡化”和“远离”倾向一样。任何文学作品不可能脱离政治和远离生活，不管作家意识到或没有意识到。任何时候不要忘记只有“百花齐放”和“百家争鸣”的方针，才能促进文学的繁荣发展，其中包括现实主义的文学在内。

《文艺报》1991年9月21日

散文杂言

我对于散文的一孔之见，已尽于我为《四川当代散文大观》写的序言中了，再无新意。

我还是赞成朱自清对散文的观点，一要“为人生”，二要“写实”。我仍认为写散文，要于所见事物有真感动，在内心中有真感情，而后抒发为散文。情以物迁，辞以情发，情有所钟，意到笔随，信笔所之，淋漓酣畅。我以为无情无散文，无理无散文，情理相融，斐然成章。也就是散文须有思想，须有感情，须有文采。当然，对每一个人说，还要有个人风格。最没出息的是东施效颦。

我读的散文不多，只偶尔从报刊上读到一些。也看过少量散文集子，包括新抄卖的过去著名文人的散文集。我对朱自清、冰心、杨朔、李广田等人的散文颇欣赏。对于那些远离人世，大有不食人间烟火之势的苦雨斋式的淡而远的散文、论语式的调侃人生的散文，30 年代在上海滩也曾迷醉过。但是一涉及中国当时现实和观照悲凉人生，便觉其不过是吃大麻叶后的一种迷醉和快感。在艺术上虽有可取，于人生则徒增长颓废，于国于己，都不可取。有的人后来当了汉奸，不足为怪。

现在有些散文，颇以淡化人生，远离现实，或冷眼世界，游戏人生，恐怕也是这一派散文的余绪。现在有人在大肆提倡，值得注意。

我以为幽默，调侃，滑稽，噱头，其含义是不相同的。噱头是庸俗，调侃是冷漠，滑稽是无奈，只有真正的幽默，才是悟透人生，看穿世相，而又以精美构思，言人之所欲言而不能言、道不出者。现在有些故作幽默状，其实不过是等而下之的“白相”而已，隔幽默不知其几千里。然而这样的散文却颇走俏，是可怪也。

1999 年 6 月

深入生活

我在 20 世纪 50 年代末，一直不是文学圈中人，然而我绝不是文学门外汉，我是在联大中文系科班出身，写过不少作品，很早发表过作品的。就是私下里也还有时信笔涂鸦。但是解放后我一直不发表作品，也一直不进入文学圈里，我甚至拒绝看文学期刊和当代小说诗歌作品（外国的经典著作、中国的诗词古文除外），因为我为那惊心动魄的文坛风波吓怕了。而且我每读被批作品（如看《武训传》《清宫外史》等），都看不出问题，不辨香花和毒草，感到自己免疫力低（可能是在大学时长期养成的），十分危险。所以我抱定主意不沾边，这样连湿鞋的可能也没有了。

有一回，在我正在那里蹲点的一个工地上，来了一个文联的作家，说是深入生活。他老跟在一个劳模（砌砖能手）的身后，问他："你砌砖的时候，在想什么？"砖工答："我什么也没有想，只想砌砖。""难道你没有想到这是为社会主义砌砖吗？"答："我没想过。"于是作家大失所望："这是啥工人阶级？"

那劳模到工地办公室来找我，说："你跟那个戴眼镜拿笔杆的同志说一下吧，不要老跟着我，不要老发些我回答不上来的问题，影响我的工作。"我问："他问你什么了？"砖工说："我砌砖时在想什么？我是个砖工，我不想砌砖还想什么？我不想多砌砖，还想什么?”

我知道这是那个深入生活的作家，在发出他预期得到满意答复的问题。这是可笑的发问，但是我知道他是在按学校学习的格式，照领导发下的提纲在发问题，而那答案是早有了的。即使工人没有那样说，可是在报纸上、刊物上，还是可以笔下开花，写出有一大串闪光字眼十分生动的文章的。聪明的作家和记者是知道歌颂文章应该怎么写的。不过有时在工人面前会发出愚蠢的问题。

记者应该深入实际，作家应该深入生活，是当然的。但是有的聪明人十分机敏，他可以在机关里翻一下资料，胸有成竹地下去跑一下，浮光掠影地看一下，于是一篇文稿的腹稿已经打好，回到机关，展开奇思遐想，挥动生花妙笔，一篇好的报道或者一篇好的作品就出来了。这叫深入没有身入。还有的人很老实地下到实际生活中，可是他们只是一心想去搜集资料写文章，他要写的文章是歌颂是批评，主题、观点和构架，早已形成，只是下去选取一些适合自己需要的具体事例、典型，以充实自己的观点，写得更生动更能说服人一些。他会诱导的方法，启发采访对象说出自己预想的话。他也可以写出叫领导满意的文章，真实与否就很难说了。这就叫身入却没有心入。

这样深入生活的人，有时他会像到我那工地来深入生活的作家那样，想叫对象做出他理想的回答，于是有时就会发出可笑的甚至愚蠢的问题。当时我和那位作家谈心，我说你能到工地来跟工人跑，可算“身入”生活了，但是你没有“心入”，没有深入到工人的心里去，你并不知道他们在想什么。你没有和他们交上朋友，是掏不出他们的心里话的。你向砖工发问，其实你就是想要他回答，他在劳动时想到的是为社会主义而拼命干，于是你想写的一篇工人阶级伟大的作品就写好了，这大概是你下来前就想好的主题吧。

直到现在，还常在电视上看到，报纸读到有些聪明的主持人和记者向人发出令人发噱的愚蠢的问题，总希望别人按他已有的腹稿或已经成型的文章访问记中自己想写的话语回答。这自然是自己挣“分”所需要的，也是领导所希望的，然而却是愚蠢的。也许这正是他们的聪明之处，可以不费力气地完成任务，而且可以取悦于领导，又可哗众而取宠。

只是：真实云乎哉？艺术云乎哉？

2004 年 12 月 26 日录入

且说我追求的风格

我对搞我的研究资料专集一直持消极的态度。我反复想，我到底有多少东西，有多少有分量的东西值得研究。我认为没有多少东西。我的作品也不出色。我自己是懵懵懂懂地写，只知辛苦，未计得失。评论我的作品的文章似乎不多，好像也没有什么人认真研究过我的作品，向我指出，我的作品有什么特色或成就，我的创作和发展道路在哪里，还存在什么问题，应该往什么方向努力。在四川尤其如此，足见我的作品似乎还不具有被评论的资格。然而即使一个初学写作的作者吧，他的最大悲哀恐怕就是他的作品、他的劳动成果不值别人一顾，好坏不置一词。我倒没有“不惜歌者苦，但伤知音稀”那样的高格，但的确有“荷戟独彷徨”的心情。我写的这些陈谷子烂芝麻的旧战场的事，到底有多大的价值？然而你们现在想要为我的作品的研究者提供资料，甚至要为我出专集，我是有些惶惶然的。

我写的《夜谭十记》大部分是在《四川文学》连载发表的，刊登已近一年，在刊登中及刊登后，四川似乎未见什么介绍和评论文章。直到人民文学出版社出版了，才在《文艺报》上看到韦君宜同志的一篇评论文章《读〈夜谭十记〉随笔》（《文艺报》1984 年 7 期）。我比较看重这篇文章，这倒不是因为知音稀，而是我感到她把我创作的某些特点抓住了，虽然她没有展开谈，但她给我提示了，我在这部作品中追求的是中国老百姓所喜闻乐见的中国作风和中国气派，她给以肯定和鼓励。当然她也讲到，“这部独特的作品，未必能（甚至肯定不会）成为当代创作的普遍趋向”，但总会给创作园地增添一点特殊的东西——民族形式的东西。

我的创作其实还不能说已经形成一种独特的风格，但是我的确在追求一种独特的风格。我曾经在两篇文章中提到过我追求的一种风格。不是说我已形成了我的独特风格，而是我正在追求中。在追求中的确有过自己的甘苦，出现过一些问题，有过对自己作品不满意的时候，甚至怕自己走上故步自封、抱残守缺的窄胡同里去，但没有机会把它说出来。《夜谭十记》比较能体现我的创作风格的某些东西，韦君宜同志看出来了，并且给以肯定，我才比较放心了。

我追求的这种风格和我怎么开始写小说的有密切关系，与我个人生活经历也有密切关系，也就是说，与我走向文学之路，以及与我怎么从民族文化中吸取营养有着密切的关系。当然也应该说与中国现代文学作品的熏陶有着密切的关系。我喜欢我国古典文学作品，也喜欢我国现代文学作品。鲁迅、巴金、沙汀等名家的作品我都很喜欢，很崇拜鲁迅的笔法，我却学不了，沙汀的我也喜欢，也学不了。他们那种刻画入微的技巧，那种冷静的幽默和讽刺真难于学习，但我很喜欢。我就是喜次冷静地、用事实本身进行讽刺和幽默，而且一直在追求这种东西。我还向许多幽默和讽刺大师学习，外国的如果戈理、契诃夫、马克·吐温、塞万提斯，还有英国的一些讽刺作家的作品，我都读过。但我追求的是我们中国民族的风格，民族的作风，民族的气派。而中国作风和中国气派最主要的一点，就是要为中国老百姓所喜闻乐见。我的作品，只要中国老百姓喜闻乐见就行了，至于说它是“阳春白雪”，还是“下里巴人”，是高雅的还是低级的东西，我就不管。我读了不少中国的传统小说，其中有很多都带幽默、讽刺或者含泪的微笑。无论《三国演义》《水浒传》《西游记》《儒林外史》，我们都可以从中看到许多非常有趣、非常幽默的人物和描写。像张飞这个人，李逵这个人，猪八戒这个人都相当幽默有趣，很有艺术性。这些作品都给了我丰富的营养。

幽默有趣，这算不算是中国人民的气质？不说一般城市老百姓，就是文化较低的一般农民，特别是四川的农民，你与他们相处久了就可以发现，他们说话总不是那么平直，不是那么直截了当的，不像我们有些作品写的那种平淡的知识分子腔，而喜欢转个弯，有时喜欢挖苦人，他们的言语中总带有盐味。这说明老百姓说话在追求一个东西，就是使自己的语言更艺术，更形象生动，更有力量。还有农村里春节要龙灯、狮子，那前面的小丑、大和尚的语言动作也总是很幽默的，其中不乏讽刺。至于中国的旧戏舞台如川剧中的幽默就更多了，味也更深了。这些东西确实给我的创作以营养。说实在的，这些东西都是艺术水平相当高的，可惜没有多少人去研究它。像川剧里的小丑艺术，确实是高水平的。有的外国友人看了对我说，你们剧中的人物、情节不就是莎士比亚式的吗？他是从他的观点这么看的。我说这不是你们的那个东西，而是千百年中国人民自己创造流传下来的艺术。

讽刺中，有一种所谓含泪的微笑，如《拉郎配》是个悲剧，而且是个大悲剧，但这个悲剧是以喜剧的形式来写的。以喜剧的形式写悲剧，这在外国也是比较难的事情；还有一种是辛辣的无情的揭露和刻毒的讽刺，这比较容易些。要运用一种平淡的、老实的，然而是幽默的手法，深刻地揭露和讽刺社会中落后、丑恶的甚至是反动的东西，必须具有相当高的艺术水平。这些东西对我产生了比较深的影响。鲁迅的小说，曹禺的剧作，有的讽刺得非常有味道，像曹禺《日出》中的那个张乔治就很典型，很有味道。我很喜欢这种讽刺艺术，并努力追求它。

我在另一篇文章谈到我追求的东西：

白描淡写，流利晓畅的语言；
委婉有致，引人入胜的情节；
鲜明突出，跃然纸上的形象；
乐观开朗，生气蓬勃的性格；
曲折而不隐晦，
神奇而不古怪，
幽默而不庸俗，
讽刺而不谩骂，
通俗而不鄙陋。

这大概可以代表我所追求的东西，也是我对自己创作的要求。我为什么要这样做呢？说实话，对文学的作用我是有自己的看法的。我写东西的目的不是想在艺术殿堂里占一席之地，也不是想藏之名山，传之久远。我是一个简单的革命功利主义者，写作品的动机就是为中国革命服务。这如同我从事其他活动是为中国革命一样。人家向我说，你写的那些作品在群众中有影响，对青年教育有好处。我说，那我就写吧。可以说，我投身于创作不是由于个人的艺术爱好和兴趣，而是人家强迫我上马的，从革命功利主义出发的。我从来没想到我要成为作家，要写多少作品。

我是在干完我的正份工作之后加班写作的。当时我想，既然一个人可干两份工作，那我就干两份工作吧！我是搞业余创作的，只有开夜车，抓开会时的会前会尾，抓别人跳舞、打扑克、吹牛皮的时间。我这么干，不是想出点名，图个利。记得开始写了点东西的时候，我被作家协会书记处的邵荃麟、张光年、严文井、郭小川、侯金镜等几位同志发现了。一次，我正在北京开会，他们来找我，把我拉到作协去，说邵荃麟同志请我吃饭。他们的意思主要是动员、鼓励我写作。其中张光年同志，我们40年代就认识，他向另几位同志介绍说："他过去就写过东西，在昆明和我一块儿办过文艺刊物。他是一个职业革命家，后来大概因为工作忙没有写了。"邵荃麟同志说："看了你写的《老三姐》《找红军》，我们就推断你一定是一位生活经验丰富的老同志，而且认为你的文笔有自己的特色。无论如何你应该写作，应该把你的东西全部写出来，千万不可写两篇后，工作一忙又停了下来。"他们还告诉我说："我们作协书记处，一致通过接纳你为作协会员，没有征求四川的意见，我们直接通过批准的，就是想要你写下去，不要因为行政工作忙而停笔，否则就太可惜了。"后来我每次到北京，邵荃麟同志几乎都要找我谈谈，他认为我有自己的特殊风格，而且又有比较深厚的生活基础。侯金镜同志几乎每次都参加了，他是搞评论工作的。他对我说："你那里有一个生活富矿。你是不应该拒绝我们来开发的。"在四川，沙汀同志给了我不少鼓励和帮助。所以说，实际上我搞文学创作，是人家估倒拖上马的。到现在为止，我虽然写了不少东西，但仍没有成为一个专业作家，还是一位业余作家，而且大概会业余到底。我为什么这么干？就是因为大家说我写的那些东西对人民有好处，而且说我有东西可写，因此我想，既然群众喜欢看，那我就写吧，哪怕是辛苦一点。写作中我经常注意这样一个问题，无论如何要使我的作品为群众喜闻乐见。我把群众能够看、愿意看、喜欢看，作为我追求的主要目标，因此我就追求中国作风和中国气派。

我从少年时代到青年时代，在文艺素养方面，除了阅读过一些现代文学作品外，还阅读了不少古典小说、话本。在乡村听过不少龙门阵、说书，还看川剧。这是我文化生活的主要内容，而这些内容刚好和我喜欢的东西联系起来了，对我产生了一定的影响。我认为古典小说中的长处我一定要吸取。还有一点我必须谈到的是，我是四川人。四川人有四川人的气质。这一点我觉得说它是地域观念也好。外面有的同志说，你们四川人是从茶馆里训练出来的，富于幽默、趣味，摆起龙门阵来，说说笑笑，有条有理。我作为一个四川人，在这种坐茶馆、摆龙门阵中，喜欢说些幽默、讽刺话的环境里生活，不能不受影响。这就使我的作品还具有一种“川味”。艺术上的“川味”到底是什么？我说不上来，但有一点我体会到了，我喜欢带一种讽刺幽默的笔调，而形式上往往是采取摆龙门阵的形式。我常采取第一人称“说话”的写法。我的许多作品都是以第一人称的口气写的。《夜谭十记》实际上都是第一人称的口气写的。为什么我喜欢第一人称手法写呢？因为它有一种好处，就是易于以一种委婉有致、引人入胜，一种摆龙门阵的口气来叙述，可以使人看起来不费力气，茶余饭后、睡觉之前都可以看一看。看起来可以消遣，正如韦君宜同志说的那样。假如我的作品能成为大众的消遣品，我非常高兴。我决不想把我的作品放入庙堂，置于艺术高阁，让少数人去欣赏，去赞叹，去摇头、品味。我只希望大多数人茶余酒后看起来觉得有味道，笑一笑，消胀化食，而且不知不觉地受到一点思想影响，这就好了。因为这说明，我写的东西他看进去了，不然他不会笑。这就可以起文艺的潜移默化的功能。我决不追求故作高雅、淡淡的哀愁、默默地怨恨的格调；不写转弯抹角、扑朔迷离、故作深奥的作品；决不去写作少数人才懂的高级的作品，或少数人看了也迷迷糊糊的作品。

“文化大革命”前，评论家陈默给我写了一封信，说他很想了解我的作品为什么许多人喜欢看。他说，我喜欢，我的爱人喜欢，我的孩子也喜欢，我的老人也喜欢。文化高的喜欢，文化低的也喜欢。我在琢磨，你的作品里有个什么东西，雅俗共赏，老少咸宜。我还没有回他的信，他给我的信就被抄没了，但他这几句话我还记得，而且给我很大的鼓励。我也在思索他提的问题，我想这恐怕就是中国作风和中国气派吧。

然而我又想，我的作品也决不追求一般市井说书的庸俗的滑稽，或无聊的插科打诨，也不仅仅是为了满足酒醉饭饱的人拿来作为百无聊赖的消遣。我的作品还总是包含一种政治思想倾向，一种革命传统教育的。我追求的不是像一般的市井通俗小说那样，反正看的人多就行了。现在有的刊物不就是那么干的吗？不管三七二十一，反正有人买我的就行，就算我的本事大了，以至胡编滥造一些乱七八糟的东西，一些庸俗的、低级的东西。有的其实完全是为了赚钱，贩卖“港式”的武打加爱情的公式化作品。有的我以为是在制造精神毒品。我决不这么干。我必须在自己的作品中注入特别的思想内容，但是这种思想内容又决不明显地说出来，而是通过故事和人物的命运自然地流露出来，以情来感人。不注意内容，只研究形式，其实不了解我的作品之所以为作品的有所为而为之的真谛。

就是在形式上，我的作品也不是单纯地在追求中国通俗小说的形式。假如仅仅是单纯地去追求过去小说的形式，什么“且听下回分解”那种套话，那种说书人的口气和笔调，那肯定也是不行的。那种形式，今天的读者看起来的确发展缓慢，而且显得有些陈旧庸俗。这些就不能完全继承，无保留地去模仿，如今天有些通俗小说作品那样。现代文学的一些表现形式必须吸取，糅合进去。所以我是运用了中国的某些传统手法和形式，但我注意我写的是现代文学，要采取现代文学的手法，甚至我的一些幽默讽刺的作品就是用现代文学的笔法写的。但我的作品又确确实实运用了中国传统的话语，中国文言文里某些习惯语句。我觉得我们中国古代文言成语、习惯用语，运用熟练了对文艺创作很有好处，所以我也喜欢运用。以至《清江壮歌》出来之后，北京一位教师专门给我写信来，他在我的《清江壮歌》书上画出一大批成语，问我为什么运用这么多汉语成语？说今天的青年读者有些不习惯了。这当然引起了我的注意。同时我也想到我们中国过去文学中好些好的东西，简洁、传神、幽默的东西，我们是不能把它丢掉了的。这是民族的传统精华。鲁迅、郭沫若、茅盾的作品中古汉语的词语就不少，看如何运用罢了。现代中国文学是从学习西方文学的创作形式开始的，我们应该接收外国好的、新的文学艺术的结构和表达方式，但是，我们中国毕竟还有自己艺术传统的东西，我们不能把我们自己的好东西丢掉了。就我写的作品的语言来说，一个是有不少中国古汉语的某些词语，一个是有不少民间的口头语，尤其是四川群众的语言。这种还活着的古词语和群众口语很富有表达能力，是文学上很宝贵的财富。这是大家公认的。四川的不少单词往往包含了非常复杂的意义，如“zhuài”、“xiè 儿”、“方”等，只要真正懂得这种语言的人，一看就会联想到非常丰富的内容，有许多是只能意会，不能言传的。我的作品中是用了一些四川方言的。我以为写作品是可以用方言的，更概括、更传神的方言为什么不可以用呢？比如“打牙祭”这个四川方言，已经传遍了全国。只是应该用经过提炼、经过净化了的方言，不是那些很生僻、很俗气的方言。

总之，我所追求的中国的民族作风和气派，绝不是因袭过去，照搬前人，而是加以提炼净化，取其精华，而且与现代文学融合起来的。这种做法是否成功，我不知道。我还有过担心，我这些东西也许青年人看起来都是些陈谷子、烂芝麻，意识陈旧了，故事陈旧了，谁还看你这些老古板东西。那些高级读者怎么看法，我倒不在乎，如果一般文化程度的人，特别是广大青年不愿看，那就值得我考虑了。有时我也想以一种新形式、新手法来写，还试验过，而且认为改进实有必要，但我与现在某些青年作家的那种处理材料的方法，那种行文的方法简直不一样。他们的手法很大程度上都是学外国小说的。有些是学外国现代派小说的表现形式的。我在想，是不是他们才是合乎潮流的，我那些东西都不行了？我想了又想，固然要尽量吸收一些新鲜东西，也不拒绝用新格调来写作品；对于原有风格的作品呢，我用八个字来自勉，这就是：别开生面，聊备一格。就是说在各种各样的流派中，我姑且算是一格吧。他们是参天大树，是名花芳草，是文坛的主力军，我呢？就算是一株小草吧，总还可以在文艺百花园的角落里增添一点绿色。这总是容许的。这么一想，心里便踏实了。说实在的，我从来没有想在中国文坛上占据一席。我能写一点东西出来，供大家消遣，对大家有点好处就满足了。我希望我写的东西速朽，而不希望永存。我在想，速朽和不朽恐怕也有点辩证关系，速朽的东西有时甚至于变成不朽，这在中国文学史上是常见的。我不追求它，听其自然吧。

我在写作时，还常常想到某些信条。我一直在我的本本上写一些文章警句来作为我的写作座右铭，如“有真义，去粉饰，少做作，勿卖弄”。我恪守鲁迅先生这个教导。“博观约取，厚积薄发。”苏轼这八个字，我是非常欣赏的。有人对我说，你的《夜谭十记》，如果按现在某些青年作家很细致的写法，加些景物和心理刻画，每一记的故事都可以写成一本书。像《破城记》，前面有很多潜台词，后面的许多情节我都把它隐去了，使读者一直看到最后，才看出事情的眉目，才恍然大悟。我认为这样更有味道。这就是厚积薄发吧。还有人给我说，你的《报销记》拿来搞个电影毫无问题。国民党粮食斗争里官场的阴谋诡计多得很，我较熟悉，可以写许多，但我没有这么写，只写了几千字就算了。我在写作《夜谭十记》时，其实调动了我进行革命活动和在旧社会生活几十年的许多经验和素材。然而即使如此，我知道《夜谭十记》有个很大的弱点，《军训记》那篇原来不打算收进去，因为它虽然是讽刺，然而是报道或杂记性质，着重点不在塑造人物，和其他九记体例不大一样。当然我也是有意识地把最后一个不第秀才写成这样。他不像其他科员那样，没有什么故事可摆，只能摆这样一个东西，从整体观念来看，这样调剂一下也无不可，正如我把《亲仇记》故意说成是念的一本稿子，便采用了现代小说的笔法，把读者的口味调剂一下一样。但《军训记》在十记中，从艺术上看不够协调。我本来是想写另一篇《卖画记》的，情节人物都是有的，说的是为一张假画弄得满城风雨，使大家啼笑皆非的事，讽刺那些既不懂艺术又要附庸风雅的达官贵人和外国人。因为我对古画缺乏知识，如古画的流派、格调、款式、笔法、印章、印泥、纸张、颜料等知识掌握不够，怎么能写？为了几千字的小说，我要去读中国绘画史，去研究古画，我没有这个能力和时间了；而《军训记》的故事是我经历的，比较熟悉，所以最后还是只写了这个故事。我总觉得写作品一定要厚积薄发。要具有丰富的生活经验，历史和社会知识，五花八门的学问，古代文学和外国文学的修养才行。现在我们看到个别中青年作家，手中就是那么一点积累的东西，已写得差不多了，翻过来，炒过去，今天加点酱油，明天加点醋，后天放点麻辣，反正就那么点菜，这样是难以为继的。有的说连“边角余料”都利用了，反正有刊物要用的。这种情况我想你们搞评论工作的恐怕已经注意到了。最近，我看到个别有才华的作家，由于没有下去好好生活，生活之源枯竭了，只好采取炒冷饭的办法，甚至不惜搞移植术，把外国小说改头换面，抄袭过来，上海《文学报》有所批评。为什么会这样？这就是积累贫乏。我认为，本应积十发一，而现在有的是积一发十了，还在继续发。我觉得苏轼这八个字对我们青年作家有现实意义。我们某些青年作者过去之所以写出某一篇好作品，就是由于他对那个生活很熟悉，吃透了。后来写另外的东西，不管文字写得多么花哨，结构处理得多么巧妙，但一看就清楚了，是一种鲁迅先生说的“做作和卖弄”。他不做作不卖弄不行呀。像这样的同志该怎么办？唯一的办法就是走下去开辟新的生活领域。不可满足于成名了，有名望了，有一定的地位了，不管怎么写几篇，总有人要，而且还有人来抢。这样会自己降格的，对于读者也没有什么好处。现在文艺界都在说提高质量的问题，这是很合时宜的，很值得薄积厚发的作家注意。

我曾不止一次地衷心劝告文学青年们最好不要想当作家，认真到生活中去和群众一起摸爬滚打，一起革命和建设，积累烂熟于胸。这样也许有一天倒写出好作品，当成了作家。我自己就有这样的经历。我曾向邵荃麟同志请教：“大家都说小说主要是塑造典型，先有人物，然后有情节，为什么我是先有故事然后才有人物?”邵荃麟同志说：“你把你酝酿一部作品的经过给我说说看。”我说，我写作品有个毛病，没有一个好的故事我不动笔，而且也没有劲头去写。当我在生活中，突然看到或听到某一个故事，我认为好，有意思，于是产生了冲动，想写它。这样一来，我的脑子就辛苦了，几十年生活里熟悉的人物都跑出来了。他们都吵着说我来扮演什么角色吧！都提出了自己的要求。有的人物我名字都忘了，形象还在。一部小说中只有那么几个人物，怎么办呢？我就选择其中最适合的，把其他的人物的某些东西加进去，经过集中、概括，人物形象更鲜明，更典型了。这样写起来，人物就出场了，而且他还要插嘴，对我说“该这么写”，“该那么写”，与我原来的想法不一样了，而且使我非改变原来的想法不可。邵荃麟同志说：“这正说明你在生活中积累的人物非常多，而且典型化了的人物不少。但这些人物，你把他存储在脑子里，积压在脑子里，突然被一个偶然的东西（大家叫灵感）触发后，这些人物都被带出来了，看来还是先有人物。”他讲后，我明白了。必须在生活中积累大量的人物，没有生活，仅靠编造故事来写作是搞不好的。有的作品太淡太薄，人物模糊不清，看起来如皮影一般，虽然也在那里晃来晃去，似乎很活跃的样子，而终归是平面的薄块，没有厚度。

还有几条对我的风格也是很有影响的。比如“不难于曲，而难于直；不难于巧，而难于拙；不难于细，而难于粗”。这是李涂说的几句话，我觉得很好，尽力追求。我不喜欢搞花花草草、哗众取宠的东西，而要求实实在在，平淡和自然，而且使别人看起来毫不费力，以为我写得也很平淡，毫不费力。韦君宜同志是看出了我这一点的。李涂这几句话的意思，在苏轼另外两句话中早有表现：“发纤细于简古，借至味于淡白。”纤细浓厚的东西写出来要简古；非常深、非常好的味道要淡白无味地表现出来。袁枚在他的《随园诗话》里也说过："诗宜朴，不宜巧，然必须大巧如拙；诗宜淡，不宜浓，然必须浓后而知淡。"就是说，诗要朴实，但那是大巧如拙的朴。诗要淡，但那是浓厚而后的淡。这真有点像川菜中的"白开水"，名字虽叫"白开水"，却是用十多种原料做成，最后成了一盆清汤，吃起来真有味道。能做到这点，那才是真功夫。大油大味好办，唯有这"白开水"可不容易做到啊！

还有一条信条是齐白石说的："作画妙在似与不似间，太似为媚俗，不似为欺世。"有的作品太似，带有一点自然主义的味道。我以为自然主义有两种倾向：一种是过去的教条主义的自然主义，一种是现代的新的自然主义。新的自然主义认为，到处都有生活，只要直观地把生活如实描写下来，就是很好的作品。这实际上是外国某些作家提倡的东西，而又为我国某些作家所崇拜模仿过。生活直接转化为文学作品，而不须表现任何主题，也不须加任何剪裁，照生活原样摆上去，就是很高级的作品，我是不相信的。一个作家的脑子到底不是一个平板镜子，而是有思想倾向的，有主观能动性的，总是有所为而有所不为，总是有所取有所不取。作品不能没有作者的思想烙印。现在有的同志想无所为而为，想写什么就写什么，想怎么写就怎么写，照生活原样写，对生活不要加工。我认为这是新的自然主义，未免"太似"了。"不似"生活的作品也并非没有，用自己的理念、感觉或下意识来写作，云里雾里，隔凡人的世界太远，太抽象，太理想化，凡人不理解，岂非"欺世盗名"？所以我觉得我们还是要按照马克思的典型化的方法进行创作。

严沧浪的几句话我也比较喜欢："语忌直，意忌浅，脉忌露，味忌短，音韵忌散缓，亦忌迫促。”这也是我写文章注意和追求的。同时，我喜欢朴实无华、白描淡写的文风。白描淡写的手法在中国传统小说中表现得非常高明。《水浒》刻画人物都不像外国小说那样一大串一大串的心理描写，或者景物描写。它就是那样明白如画地将情节、过程、斗争一直写下去，人物非常鲜明。林冲那种复杂的性格及其性格的发展，是通过故事逐步展示的，最后逼得走投无路才上了梁山。试想，如果由我们某些作家来写，林冲心理刻画要写多少？林冲与林娘子告别一段要写多少？草料场一节写了风暴，但仅仅几笔，就把外界景物及林冲的思想、心理勾画清楚了。我觉得这比上千字的描写和刻画还高明得多。我是喜欢继承这种写法的，只是老学不好。

在文字语言功夫上，我记起“文有七戒”之说：“旨戒杂，气戒破，局戒乱，语戒习，字戒僻，详略戒失宜，是非戒失实。”写文章应有这“七戒”。

我以为，这些都是我们中国的风格，中国的气派，也是我终生追求的，但我知道我一辈子也做不到，所以我有时对自己的作品生气，埋怨自己怎么搞的，总是写得不如意。尽管我一辈子也做不到其中的几分，但我认为这是中国的，所以我还是要努力追求它。现在一般的作者已不去追求这些东西了，我想这不可勉强，而且我感到我的东西只是大花园中的一株小草，只能是聊备一格。我从来不想说创作都必须讲求民族风格。我想创作应该允许各种不同的风格存在，就是民族形式也会是百花齐放，各色各样的。

我现在甚至在想，我是不是也改变一下自己的风格，也试一试别的艺术表现形式。我学鲁迅、沙汀学不来。我非常喜欢契诃夫的那种幽默讽刺，但也学不好。我的行文看来好似委婉有致，其实有些啰里啰唆，有点像果戈理《死魂灵》那种写法，却又没有学会。老用摆龙门阵的笔法恐怕不行了，应当简练些，变化多一些，速度快一些。最近想试写几篇短篇，其中大半是讽刺小说，一篇只写几千字，做到名副其实的“短篇”。现在有一种袖珍小说，其实能算什么袖珍呀，现在短篇不短，长篇更长，成了风气了。有的中篇容量远远超过了中篇，动辄搞它十万八万字，是短一点的长篇小说了。我以为一般长篇最好像屠格涅夫的《父与子》《罗亭》《贵族之家》那样，二十万字左右，最多三十万字行了。中篇一两万字、三四万字即可。真正的短篇应是生活的某一横断面，把某一方面的生活作为截面让大家看一下就行了。而现在的短篇，有的不能叫短篇，它有干，有枝，有叶，有根，还有各种各样的果实以至累赘在上面。短篇应是生活的一个横切面，这么切开也好，那么切开也好，总之是个切面。最好的短篇通过一点场景，一两个人物来表现，然而生活容量却非常大，意思却很深刻。欧·亨利的《麦琪的礼物》，他就仅写了那么点，事情就发生在那么几分钟内，然而它却反映了美国当时的社会面貌，那些小人物的命运。

我的龙门阵还想摆下去，传奇还想写下去，但是，我也准备写一点新的短篇小说，写生活中的某个人物、某些场景、某一侧面生活。我写《学习会纪实》就是用的这种方法，我借某局的一次学习会的场景，展示了八个局领导者的群象，有点讽刺意味。

说到讽刺，我喜欢追求比较淡的讽刺，也就是以一种幽默的方式来进行讽刺，但决不谩骂，说你看这个人多混蛋。鲁迅说，“讽刺的要义是真实”，我就是把喜剧因素的社会真实冷静地写出来，让人们看了可笑，引起鉴戒。我喜欢冷讽，不大喜欢热嘲，我不赞成明显的辛辣的热骂。我的小说中的被讽刺者，虽然多么不合时宜，不合潮流，扭着历史车轮在反其道而行之，十分可笑，然而他硬是在那里认真地干，认真地生活，按照他的人生哲学、他的世界观在干，不管是多么可笑。要做到冷静的幽默讽刺较难，热骂热嘲容易。不能把讽刺变成低级挖苦，流于油腔滑调。我要求自己“讽刺而不谩骂，幽默而不庸俗”（原来我提的是幽默而不滑稽）。

讽刺要把社会上不应该存在的东西展示给人看，引起人们思索。喜剧不一定逗人笑，有的还引人哭。我写的东西不希望大家看后哈哈大笑，希望大家抿嘴微笑，在微笑中感到有点意思就行了。

我写的东西，有人说富于趣味性和有传奇色彩，这也许是长处，但是也可能成为累赘。我力求故事的引人入胜，其目的是在抓住读者读下去。文辞上我要求明白如话，布局上要求有扣子，尽力做到“合乎情理之中，出乎意料之外”。要“藏而不露”，像说书人“丢包袱”那样，不能一下丢完，要一步一步地把包袱解开来。故事要求委婉有致，节奏不要求跳得太厉害，教人读起来摸不清楚线索，很费力气。我很喜欢欧·亨利的《麦琪的礼物》、莫泊桑的《项链》，情节发展到最后突然出人意料地揭开，这样的结尾可以使文章分外增辉。

这些只是我的想法和追求，我的创作实践与自己想达到的目标差得很远。

拉杂地谈了这么多，不知道是不是对你们搞研究工作的同志有什么用处。

这是马识途同志在一次关于他的创作研究座谈会上的谈话，由彭长卿同志记录整理。

曾发表于《当代文坛》1985 年第 1 期

读文随记

任何真正在美学基础上建立起来的文学，都是反映人的生活思想和感情的，都是反映时代潮流的。所谓时代潮流，自然有主流、支流和逆流之分。我们推崇的文学是推动人类历史前进，使人类文明更加张扬的文学。好的文学，是人性的本质反映，是回归人之所以为人的本质反映，即追求真善美。但是人类从动物进化为人类，总还带着动物性的某些本能，比如残杀、吞噬、凶恶、弱肉强食、性侵犯等等兽性。人类表现出来的这种动物性本能，就是假恶丑。一切假恶丑都是人的异化，是人性本质的丧失。我以为一切文学都是人的真善美与假恶丑矛盾斗争的美学描述，是人性与兽性的斗争的表述。人类要向文明深处发展，就要鼓励文学表述人类坚持真善美，战胜假恶丑，回归人性，去除兽性。

所谓时代潮流的主流，就是推动历史前进，张扬人类文明的合于时代潮流的主流文学，真正的文学总是趋向主流（所谓与时俱进），反对逆流，提倡真善美，反对假恶丑，提倡人性，反对兽性。任何文学都不可能脱离当时的社会制度、政治思想、风俗道德、文学潮流。文学当然有理想、有梦想，有所谓“明日的文学”，不是不可以描绘这种更高层次的真善美，更好的人性，甚至不可能实现的梦幻，当然也有性爱的追求。但是这种性爱是人性的真爱，而不是生物本能的兽性的肉欲的追求，这种肉欲是动物为了发展自己族类具有的一种本能的追求，有性却没有爱，或者基本上没有爱，肉欲的性行为完成后，便无所谓爱不爱了。这是一切生物的本能，人类也有这样的本能。但人之所以为人，因为有人性，爱便是人性的表现，所以男女之间，除开有肉欲的本能追求外，还有爱的人性追求。人的爱的追求，可以是文学的主要内容之一。千古以来有多少描述男女爱情的文学巨著，有的文学传世之作也有肉欲的描绘，但那是作为真爱、至爱的附带描述，而不是以肉欲描述为主的。只精细地描述肉欲过程的，只有中国出现过的《性史》之类恶俗作品，传世之作是没有的。但确实想成为传世之作，想作为文学主流的所谓“明日的文学”是有的，如果以描述肉欲（不是性爱）为主旋律的文学便是“明日的文学”，那就是文学的灭亡。

《金瓶梅》是中国的一部传世之作，历代屡禁不止，就因为它具有肉欲的低俗描写，但是真研究文学的都知道，这部文学作品是描述当时的世俗社会的作品，肉欲的描写只占很少的篇幅，而且以“洁本”行世，连这些低俗的内容都剔除了。这么一部以描述当时社会生活为主旨的小说，作者为什么一定要有意附加一些肉欲的描写呢？这一直是一个研究的文学问题。有的甚至说是作者欲对皇上报仇而有意加写肉欲，以引起皇上在读时翻阅已暗染毒药的书页而中毒。这显然是无稽之谈，但为何有这种为《金瓶梅》解毒的传说呢？

可怜的是有以教育和引导青年为职志的大作家，却执拗地要再三对男女二人在房间里挑逗肉欲做出精致描绘，达到极致，不亚于《金瓶梅》，却都认为那就是最神圣的人性之爱，这是人性之爱还是兽性之欲，可以研究。

更可怪的是，时至今日，竟然有学者认为这种恶俗的肉欲小说是“多么了不起的经典”，而郭沫若激于当时潮流，多少带有点情绪然而义正词严的批评，却受到无休止的指摘。在这件事情上，郭沫若是可以批评的。但如果能从中国当代文学史中真切了解当时的社会政治和文学界的实际情况，就能清楚地判定是非曲直，不致随风颠倒黑白。

2013年7月17日录入，写作时间不详

网络文学一议

中国作协和《人民日报》联合开辟《网络文学再认识》专栏，大家一起来探讨网络文学的发展，我认为很好。十年前，我在跟时任中国作协党组书记金炳华同志谈话时就提出，要特别注意网络文学、儿童文学、通俗文学。当时文学界“三俗”（低俗、媚俗、恶俗）现象相当严重，我们都很关心如何提高作家作品的品位、格调。现在看来，这些问题似乎依然存在，比较突出地体现在网络文学中，应该引起我们的注意。

改革开放以后，我国文学发展得很快很好，但我总觉得还有些问题，十几年前我曾经写过一篇文章叫《文学三问》，我提出“谁来为我们守望人文终极关怀的文学家园？谁来保卫我们的文学美学边疆？谁来为我们坚持在马克思主义光照下的社会主义主流意识?”就是针对当时我看到的两个值得注意的现象。这两个现象现在似乎仍然存在，有的似乎发展得更引起中央领导的关注，我把它总结成中国文学的“内忧外患”。“内忧”，就是文学界的“三俗”倾向，似乎也引起普遍关注。“外患”，就是文化霸权主义的潜在入侵。国际上的文化霸权主义，事实上是存在的，他们在许多弱国取得很大效果。我国因为文化根基比较深厚，文化堤坝比较坚固，不易得手，但是他们总是想用各种方法潜移默化地文化入侵。

十年前网络文学还不太盛行，但通俗文学已经比较盛行了，颇有一些带有“三俗”内容的东西。这些年网络文学发展得很迅猛，有强大的商业背景，有相当一部分写通俗文学的作家转成网络文学作者。过去文学界存在的“三俗”作品，有些转移到网络文学上来了。而且因为有强大的经济支撑，有的颇为得势，振翅高飞了。在这同时，纯文学作品出版却很难，许多作家感觉到纯文学日益边缘化了。但网络文学却很容易上市。然而网络文学对青少年思想影响是很大的，对这个现象我很忧虑。

一个纯文学作家写一本书需要好几年，需要调查研究、深入生活、精心写作，最后印一两万册就不得了了。而网络作家一天就可以写上万字，网络文学作品一出书就是几十万几百万册。作家排行榜以经济收入排行，排在上面的基本上是网络作家。这种现象正常吗？创作用金钱来计算，用稿费的多少来决定文学的优劣，我难以接受。网络文学的内容和纯文学相比较，其题材、体裁、创作方法、描写对象、主题思想是大异其趣的。有的网络文学作品的确有“三俗”问题，娱乐至死，金钱至上，便是死穴。文字粗疏，写作随意，与现实生活脱节，缺乏文学性，则是较普遍的。以至于和我们想对青少年引导的思想倾向，有相当大的距离，和核心价值体系距离更大了。它和雅文学最大的共同点，就是服务的对象，主要都是中国的青少年。

我这样说，并不意味着雅文学比网络通俗文学好，我绝没有这个意思，文学本来无分雅俗，各有长短。雅文学也有雅文学的缺失，有它的短板，有的也严重。为什么青少年不愿意接受我们的服务？这就是最致命的问题。相反的，通俗文学的流行，网络文学的盛行，不胫而走，而且产生的市场价值，它的出现和发展、繁荣，都是有它的必然性的，可以说是应运而生。事实上网络文学必然有很大的长处，对青少年产生巨大的吸引力的形式内涵，它所产生的不仅是巨大的经济效益，更是我们日夜企求的对青少年进行思想教育的巨大的能量，这是雅文学一直追求而一直效果不够理想的。

事实上网络文学发展下来，已经出现了比较好和很好的年轻网络作家，其作品从思想性和美学观都可称上乘作品，与我们过去称道的通俗文学作家及作品相比并不逊色，且有过之者。这些网络文学作品可以说是中国当代产生的群众喜闻乐见、不可须臾或离的文学品种。

现在我们所要说的是如何扶植发展网络文学，如何去正确评价、引导和克服网络文学的缺点。了解网络文学的现状和规律，正视某些不良创作倾向，正是为了更好地发展网络文学。发展网络文学，可以说不是一个单纯的文学创作问题，而是一个群众路线的问题，是如何引导我们的千百万下一代走上思想健康道路的问题。对于网络文学当前的问题，是研究如何增强其力量，壮大其队伍，提高其艺术水平和操作技术水平的问题。因此，我认为：

第一，我们应该认真调查研究网络文学发生和发展的过程，以及和通俗文学的历史转承脉络，为什么能如此迅猛发展，青少年能如此迅速接受、喜爱，那些“粉丝”是怎么出现、扩大和思考的。首先了解服务对象本来就是文学作家的本职工作。

第二，调查研究网络文学的生产者和销售环节是怎么运作的，特别是现有的网络作家的情况及他们的思想环境和创作特点等。网络文学的生产力是最中心的问题。不是主要地去追寻他们的缺点，而是去了解他们的技能长处和经验。

第三，我们从北京到各地有庞大的作家组织和众多的有创作经验、有较高文化水平的作家，应该有意识地鼓励一批有志之士，下决心转入到网络文学创作队伍中去，要学好怎样写网络文学，怎样提高网络文学的文化素养和艺术水平。做一个拥有大量消费者的网络文学作家是最光荣的事，必然得到领导的支持和鼓励，并有具体的办法公之于众。

我设想的引导纯文学作家转入网络文学创作，不是一件容易且短期能见效的事，要有耐心，有韧性。从事纯文学创作的作家千千万，虽然都具有作家的基本水平，都想上升到作家金字塔的顶端无可厚非，但是古今中外能够爬到光辉顶点的作家终归是很少的。作家们一年写出几千部长篇，但能得到出版和读者普遍喜爱的只是少数，大量作家的精力和时间实际上是浪费了。或许我们一百个作家创作的作品发行总量，还不如一个网络作家所获得服务对象的数目，从人力上和经济上都是不合算的。当然，我的这种论断也许不一定能为一些作家所接受。

在此同时，我想提出相似的问题。我们的影视作品对群众的影响，恐怕比网络文学还大。一部好电影的受众达若干亿人，其影响之大，可以想见。但是，我们不讳言有的影视作品创作水平不高，思想性艺术性不足，我们的影视剧本创作队伍很缺，可否也有意识地鼓励一些作家进入影视创作队伍里去呢？这是很重要也很光荣的，能更好地服务于大众。

这些年来，中国作协很重视网络文学，不但建立了网络文学重点园地联席会议制度，举办网络文学作家培训班，今年还对网络文学生存状况进行了专题调研。对这些举措我都很欣赏很赞同。我想要提醒的是，对网络文学以及影视文学中存在的“三俗”问题，要引导但不能操之过急，走极端。文艺界的事，善于引导和宽容一点的好，这是我从过去的经验里得到的教训。

2014 年 5 月 30 日录

文学有用

我总觉得，文学是有用的……

我且从反面来说吧。文学如果是无用的，那么你搞文学干什么？有的作家说他搞文学是为了挣几个烟钱、饭钱。好，挣钱不就是有用吗？有的作家说，他搞文学是因为他活腻歪了，无聊之极，在纸上写写画画，闹着玩的。好，“玩文学”，不正是一种治疗“活腻歪了病”的有用之药剂吗？还有一些作家说，我烦恼，我痛苦，我欢乐，我得意，我想上天，我想入地，我想倾诉，我想呐喊，于是我展纸握笔，想写什么，就随便涂在纸上，人家说这就是文学。好，凭借人家说的文学，能够倾诉你的思想、感情，能唱出你的心思，文学不是成为你有用的工具了吗？

不，文学什么别的东西也不是，文学就是文学。文学家就是为文学而文学。从来不管它有什么用处。——有的作家坚持说。

按照这样的逻辑，A 就是 A，那么有人问他，人是什么？他回答说：人就是人。凡人听了这样的话，不说这个人是在发梦呓吗？不然就是这个人将要成仙得道，脱离这个世界，到茫茫真人、渺渺大仙那里去报到了。

我不管别人怎么说，仍然坚持，文学是有用的。文学是人类有所为而为的一种社会活动。人类的任何活动都是一种有目的的和有意识的活动，是一种历史现象一种历史过程，都不是任意而无序的，都是想从这些活动中得到物质或精神的满足。满足便是人们使用了一种有用的事物所产生的一种满意的情绪。人们使用文学这个工具，也是为了满足人们的精神需要，自然是有用的了。

文学之所以在有一些人看来无用，因为它不像粮食，几天不吃，就要见阎王；不像布匹，一冬不穿，就要翘辫子，所以连白痴也会知道粮食布匹是有用的。文学这种精神产品就不同了，从来没有享受过或享受很少的人，也许没有多少感觉；享受惯了的人，一时不享受，最多一时感到不舒服罢了，不享受文学既不会死人，也不会亡国。但是奇怪的是，一有人类出现便有艺术活动的出现，最原始的人也会跳舞、唱歌、绘画，做出一串贝壳来挂在颈项上。这些活动既不能吃，也不能穿，只能提供一种精神享受。为什么原始人那么看重，简直和茹毛饮血一样不可须臾或离呢？因为他们可以从这里获得精神上的满足，以改善他们的生活条件，促进进步。对他们来说，这不都是很有用吗？至于现代人认为文学可以抒发人们的感情，净化人们的灵魂，激发人们的斗志，促进物质生产，是尽人皆知的了。甚至抽烟这种医生认为无益有害的活动，在一个作家看来，抽烟可以刺激他的灵感，对他是很有用的呢。怎么可以说他从事的文学创作，倒反而成了无用的劳动了呢？

我想有些文学家之所以坚持文学无用论，是他们在从事文学创作活动时，总想避免急功近利这种庸俗动机的干扰，而想凭借自己的主观感情，遵循文学本身的规律，创作出比较好的作品来。所以作家在从事创作的时候，不孜孜于追求有用，甚至不计有用无用，所谓只问耕耘，不问收获是也。但是作品一旦出来了，投向社会，便成为社会公有的精神产品，就会影响读者的精神和思想，就会产生有益或无益的社会效果，就会起到好的或不好的客观作用。

因此我认为文学是有用的，无论你承认不承认。作家在进行创作时，可以不斤斤计较于有什么用，而遵循文学规律，描绘客观世界，写出真实的人和社会。如果说一句据说过时了的话，“创造典型环境中的典型性格”，我更希望不必向作家事先提出这样那样的特别要求，颁发这样那样的特别戒条，一定要产生这样那样的特别社会效果。有没有社会效果，让他写出来，投向社会，接受读者的检验，接受历史的淘洗吧。

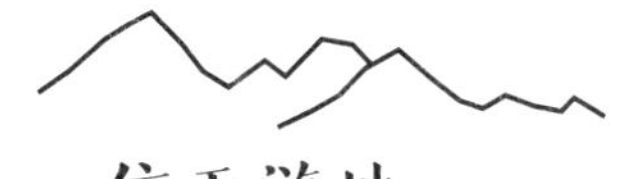

信天游地

“老成都”说成都

我爱成都

我在成都住了六十年，可以算得是一个成都人，而且是一个“老成都”了。六十年里，我在这个城市里曾经经历过的不知多少痛苦与欢乐的时光，都像流水一般地逝去了，不知不觉地进入了耄耋之年。不知怎么的，也许是快要和这个城市的生活告别了吧，我忽然感觉成都这个城市非常可爱。如果按目下流行的时髦说法，把深爱一个事物叫作“情结”的话，那么我对于现在的成都有解不开的情缘，真可以说我有“成都情结”了。

我爱成都，不只因为它有悠久的历史，深厚的文化积淀，是中国西部的一个历史文化名城；也不只因为这里气候宜人，物产富饶，风光秀丽，山美水美人也美，是天府之国的一颗明珠；也不只因为它现在已经是工业发达，农业繁荣，交通方便，科技昌盛，文化繁荣，市场、城市建设一日千里，大街纵横，高楼林立，绿化幽美，成为中国西南的经济重镇。我爱成都，我还爱它那种文化氛围，适宜于居住的悠闲环境，我更爱成都人的那种应事的从容和闲适，那种谈吐的幽默和机智。我爱随处能听到的有趣的龙门阵和掌故，随处能看到的淡妆浓抹总相宜的靓丽姑娘，随处能买到的精巧的小玩意儿，随处能吃到的美味小吃。我爱杜甫草堂、望江楼、武侯祠和与这些地方联系起来的诗歌、文章、文韬武略和隐伏在这些后面的无穷的可悲可喜的故事。我爱成都的川剧、书场、茶馆、花鸟；更有那说不尽的川菜美食，火锅和麻辣烫。我爱成都远郊数不尽的风景名胜，都江堰、青城山、三星堆、卧龙熊猫基地、花水湾新温泉、龙池夜月、西岭晴雪。我爱成都近郊的芳草萋迷，绿树成荫，竹林小舍，花木扶疏，溪水涟漪。甚至那千里沃野上的丛竹一堆绿，粉墙一抹白，菜花一片黄，浅草池塘里一片微波，江边古树上一抹斜阳，远山腰间一横晚岚，不知从何处院落飘来的一曲流行歌声，都令我陷入梦幻般的陶然忘机。这是一个多么适宜于人居住的城市，一个多么适宜于养老的地方呀。

我住在成都市里的一座高楼上。这座高楼虽然位于城中心，却和周围繁华街道保持着一段距离，闹中可以取静。真可以说是“结庐在人境，而无车马喧”，天赐良机，让我拥有七层楼上的一朵西窗。我虽然不能每天在东窗口再看到那喷薄而出的日出景象，却可以晴天在西窗口欣赏满天彩霞和落日辉煌。这正和我的“桑榆岁月，落日心情”相契合，自然引来无穷的感慨。我曾经为这个城市的解放进行过出生入死的战斗，也曾经为建设这个城市做出过殚精竭虑的奉献，也曾经为这个城市陷入史无前例的“文革”混乱而痛心。自然，后来也为这个城市的繁荣昌盛而高兴。我凭窗西望这“夕阳无限好，只是近黄昏”的光景，心里默默地说，年轻的朋友们哟，要珍惜来之不易的今天的美好时光，要爱惜这个城市的幽美的自然环境，要保持这个城市淳良的民风民俗，不要污染，不要玷辱，不要败坏，让它永远是一座中国西部的历史文化名城。

我爱成都。

我已经是八十四岁的老人，虽然我还在朋友面前自诩吃得、睡得、动得、走得，而且还说得、写得，脑子并没有糊涂。但是自然规律到底是无情的，身体已经大不如前，想要下楼到街上去自由自在地闲逛，观察世相，双脚已经不大听使唤了。近来“老夫常发少年狂”，我偏有一种欲望，在我还走得动的时候，要从高楼下到街上去散步，甚至到远地去寻访旧迹。有人说，这个老头子大概是想“收脚迹”吧。四川人大概都知道“收脚迹”的意思，据说这是一个人大“走”以前，一定要履行的一项义务，就是回到过去走过的地方去走一回，收回自己的脚迹。我才不管它呢，我就是要到成都这个我走了五十多年的美丽城市里走走看看，去寻找我的脚迹，去拾取我失落的梦。

我真的去了，我顺着人民南路走上去，到了天府广场，进入展览馆，穿到体育场，到了后子门、羊市街、商业街，转到祠堂街、东城根街。我一个人并不感到寂寞，却为这眼前的一天一个样的景象惊住了，绿油油的广场，宽阔的大街，林立的高楼，巨幅的广告，摩肩接踵的行人……这一带是我过去留下足迹最多的地方。50年代我曾经领导过成都市的城市建设，曾经参加过这个城市的规划工作。现在回头来看，有令我高兴的，却也有许多令我感到遗憾的。后来的人做的事比我们那时做的高明得多，成绩更大，但是在我看来，仍然有些不尽如人意的事，所有这些，可能成为永远的遗憾了。

我边走边看，许多往事涌上心头。许多当时一块工作的同志已经作古了，有的也是古稀之年以上的老人，能够清楚说出当时情况的人已经不多了。而其中有些事是鲜为人知的，然而我却知道，至今埋在我的记忆中。四川作家协会的作家来找我，要我这个“老成都”摆一些成都的龙门阵，他们准备写文章。也好，我也不想让这些掌故烂在我的肚子里，我就摆一点我所知道的成都城市建设的往事吧。

过去的成都

成都是一个古老的城市，其建城的历史，有文字可考察的可以追索到秦惠文王更元九年，即公元前 316 年。那个历史上著名的纵横家、有“三寸不烂之舌”的张仪和司马错等奉命率兵伐蜀，灭了开明王朝，建立秦王朝的蜀郡。其后的更元十四年，即公元前 311 年，派张若主蜀，便开始按照秦国首都咸阳的样子，建造一个都城，据说提的建城口号就是“三年成市，十年成都”，结果建成了，便把这个城市叫作“成都”。有的学者不同意这个说法，也罢，反正成都这个城市是一个很古老的城市，大概不会有人怀疑吧。成都这个城市建城距今已经 2300 年。建城时间之早，可以说世界罕见，在中国也没有几个。至于从建成命名，一直没改，一直叫成都叫到今天。我没有仔细考校，也许在中国是独一个了。连长安、南京、扬州这样的古老城市的名字，也是改来改去过的。

如果要按历史记载和考古发现来论证，成都这个城市的建城，就可追索到更早的开明王朝在成都南的赤里辟市算起，只是那时没有建筑城垣，没有城郭，而是以木栅土垒为垣。居室仅是木结构的干栏式建筑，这是古人从巢居下到地上居住之初构筑的。二十几年前在成都十二桥发掘出的 1200 多平方米的木构建筑，便是这种干栏式居室建筑的遗存。由此可见成都这个城市的古老了。

成都不仅历史悠久，而且有天府之国的富饶作为物质基础，使这颗明珠分外灿烂，历久不衰。自古就有“扬一益二”的说法，就是说中国城市中最繁华的第一是扬州，第二就是成都。它所产的蜀锦，在三国时就是蜀国的出口支柱产业。从诸葛亮说的“今民贫国虚，决敌之资，惟仰锦耳”中可以看出。蜀锦历代闻名全国，且远销西土之邦。所以历代在成都设有锦官，故号锦官城，濯锦的江号为锦江。它长期成为西南重镇，曾经是几代小朝廷的都城，也是大皇帝避难的行都。可见成都曾经有过长期安定承平的环境。后蜀后主孟昶在城垣满植芙蓉，繁花似锦，所以“芙蓉城”之名传到现在。成都也是一个文化名都，出的文人不少。早于西汉，就有驰名的司马相如这样的大文人。他和卓文君自由恋爱，历代传为佳话。他出发到京城时，曾在北门外的桥头发誓，不乘驷马不过此桥。他到京城做了大官，后来果然高车驷马，回到成都，走过那座桥。那座桥便是今天的驷马桥，遗址至今还在。后来“文翁化蜀”，在成都今天石室中学的地方，立了石室，藏书以授学生，出的文人就更多了。直到现代，出了郭沫若、李劼人、巴金、沙汀、艾芜等中国的著名作家。

成都是一个历史文化名城，曾经有过光荣的历史，早已成为定论，我这里挂一漏万地说到一点，只略见一斑罢了。

老成都什么样

但是成都并不都是光彩照人的，它有耻辱，有过污秽，轮到我们这一代居住在成都的市民，却早已不见成都昔日的辉煌和光荣，见到的只是一个破烂的、贫穷的、落后的成都。平民们忍受着残酷的压迫和剥削，在死亡线上挣扎。统治成都的是国民党的军阀、官僚、地主、豪绅，横行的是特务、警察、流氓、军棍、土匪。城市建设无从说起，“马路不平，电灯不明，电话不灵”，就是当时的顺口溜。工商业根本说不上，连那所谓的“三根半烟筒”也不冒烟了。只有二三十部小轿车和一些军车在尘土飞扬的石子街道上耀武扬威，满街的破黄包车和板车，就是成都的主要交通工具。人民在啼饥号寒中过日子，看不到一点希望。

40年代后期，直到解放，我住在成都，我所见的成都就是一个残破不堪的旧城市。那时只有春熙路、东大街、东西御街到祠堂街，才有一点所谓大街的样子。从现在的城市中心展览馆、天府广场直到红照壁，当时全都是湫隘狭窄的陋巷，拥挤着木穿斗竹编粉壁的街房。东倒西歪的，连皇城城门洞外的两个大石狮子也被棚户的竹席所掩没了。从皇城城门洞进去，直到致公堂，全是无业流民任意搭建的棚户，顺七竖八，不知有多少，也不知道他们是怎么在过日子的。后面的皇城坝，原来是明朝宫殿所在的坝子，如今全是各种耍把戏、卖打药、摆赌盘、看相算命的，以及各种欺诈活动的地方，所以大家把皇城坝又叫作“扯谎坝”。在皇城坝的东西边，全是乱糟糟的棚户，无边无际。在东边，有一个高可十几二十米的土堆，是一个多年没有清除的煤渣和垃圾堆，堆成了小山，号称煤山，臭气熏天，是疾病传染的发源地。再往北走的后子门一带，便是“人市”，无业流民就在这一带游荡，希望能找到打临工的机会。许多妇女在这里等请保姆的人，流氓也在这一带活动，欺骗年轻妇女、弄去卖到妓院里。这一带还有许多只有几张席子的鸦片烟馆，下力人就在这里，希望用麻醉剂来刺激出自己最后一点精力，供人剥削，自己好不容易挣来的血汗钱，都被这些烟馆里的烟枪嘴吸光了。这是一个鬼蜮的世界。

当时成都城里有一条御河和一条金河。本是最好的绿化带，可都变成污水烂泥沟了。那里蚊蝇滋生，疾病流行，有一年死了一大片人的霍乱，就是从这里开始流传的。由于河道多年没有疏通，每年夏天大水从金河进水，酿成水灾。1947 年发大水，川西平原顿成泽国，成都更是首当其冲，半个城下了水，白天晚上，老听到轰然倒房塌屋的声音，不知出了多少冤死鬼。一时物价飞腾，人心惶惶。国民党只忙着打内战，哪管百姓死活？好好的一个文化名城，弄得乌烟瘴气。无怪乎老百姓要起来革他们的命，都盼着解放军快点打来。

这就是解放前成都的模样，现在五六十岁以下的成都市民，恐怕很难相信了。

筚路蓝缕开始建设

解放以后，大约经过一年的时间，成都市各方面的工作才上了路，生产有所发展，人民生活供应有所改善，社会秩序经过几次镇反，安定得多了，市政府的财政收入通过税收，也有一定改善，我们可以考虑，适当地进行一点必要的城市建设了。

市委、市政府首先想到的是把聚居在皇城坝内外棚户里成千上万的贫病交加的城市贫民进行安置，采取以工代赈的办法给他们找一点活路干，维持生活。同时为了改善他们十分恶劣的卫生条件，必须把埋在垃圾堆里的棚屋撤除，找地方修建简易住房。为了清除城市的疾病之源，必须整治臭气熏天的金河和御河。要整治金河和御河，就必须建设一条穿城而过的下水道，同时还必须把皇城东北角的号称煤山的垃圾山搬掉。所有这些都是福国利民的好事。可是以我们当时捉襟见肘的财力，要办这么多的事，实在不容易。为了规划、设计和合理施工，在市政府下成立了一个城市建设委员会，由市长挂帅，实际上由我和王希甫同志负责。

经过我们进行一些调查后，决定就我们的财力所及，尽量做一些能容纳更多劳动力的简易工程。于是决定除开疏浚金河和御河外，在十二桥附近的空地上修建一批简易住宅，叫作工人新村。这样的新村前后修建了三片。有了这几片新村，我们就可以把皇城坝内特别是城门洞内明远楼到致公堂的那一片的棚户居民，搬出城去，这样一来，使市政府机关才有个落脚的地方。同时我们在盐市口北的空地上，修建一片简易平房，取名人民商场，把皇城坝的“扯谎坝”上的众多小铺和摊点，都搬到人民商场去。当时的建筑十分简陋，后来几经改建，才形成现在的人民商场。这就是人民商场的由来。

我们考察一下，要把皇城坝的那个垃圾山搬出城去，工程实在太大。人力倒有的是，但是运输工具很缺。当时城市的主要运输工具只有大板车和架子车，市民的交通工具只有黄包车。每天城市人民生产和生活所需要的物资，不要说粮油、肉食、蔬菜，连烧柴也要从乡下运进来，连粪便也要农民大大用粪车拉出去，那个时候哪有现在这么方便？要指靠从这点效率很低却十分紧缺的运输工具中再拿出一部分来搬走那座垃圾山，简直不可能。但是不赶快搬走那座天天散发臭气的垃圾，是对人民卫生最大的威胁。于是我们决定就地修一个体育场来加以处理，把垃圾堆成一圈作为看台。外坡栽上树木花草，内坡修建土质梯形座位，中间平整成为运动场。于是一个因陋就简的体育场便建成了，更要紧的是把垃圾山掩埋了，消灭了疾病之源。那时水泥很少，还不能修混凝土的看台，连我们修建一个砖木结构的有顶棚的主席台，还受到上级领导的批评，说太豪华，结果把顶棚取消了。直到后来，才在这个基础上铺上水泥坐梯，而最后干脆搬掉土质看台，修成现在这样雄伟的现代化体育场，已经是改革开放以后的事了。这便是成都体育中心的由来。我现在从那里过路，看到现在的辉煌，却难忘当时的艰辛。

我们进行的最大的工程就是横穿城中的混凝土大下水道了。我们调查，原来盐市口附近的沟头巷一带，有古人修的具有相当规模的下水道的，可是后来年深月久，都堵塞了。民国以来，大概军阀混战，从来没有修过像样的下水道。城市污水主要流入御河和金河，或者就地排到街沟里和低洼的池塘。于是除开金河、御河成为横贯城区的臭水沟外，到处都是臭烘烘的阴沟和臭水塘。苍蝇蚊子滋生，常常发生各种传染病。听说有一年发生霍乱，每天抬出一二百具死人棺材出城，闹得人心惶惶。现在要修一条直径约一人高的横贯城区的大下水道，当然是满城传颂的好事。在那个时候来说，当然是最大的工程了。其实和现在的随便一个市政工程比，都比不上，然而其轰动性却恐怕不比现在整治的府河南河要小。现在那个下水道不知怎么样了，大概早已报废了吧。但是我永远难以忘记进行这项工程的艰难。不要说财政十分困难，什么都要钱，成都这个消费城市，没有多少生产事业，油水很少，连各方面有限的开支，起码的人头费，就是干部的吃饭和很少的津贴的开支，还要靠我和米市长两人到市工商联坐着向工商业老板收税要钱。现在要挤出相当大一笔钱来修下水道，岂是容易的事？而更困难的是建筑材料奇缺。须知那个时候，我们国家的钢铁产量不是现在的一亿吨，而只有四五万吨，要修成渝铁路，需要钢轨，还在抗美援朝，造军火更要钢铁。水泥要从省外去调运，至于建筑机械根本没有，不要说吊装的起重设备没有，连简单的水泥搅拌机也没有。一切都靠手工操作。这样倒好，可以安排更多的失业市民去劳动，叫他们有碗饭吃。我现在在城里面，眼见一座又一座高楼一眨眼工夫就冒出来，整治府河南河这么大的工程，好像一转眼便完成了，真是羡慕极了。

城市规划——美丽的幻想

1952 年的夏天，解放后在四川新建的第一条铁路成渝铁路，就要修到成都了，接着将要建设四川出川的唯一一条铁路宝成铁路，也将在成都开工。国家的第一个五年计划（1953—1957）也要马上开始，国家的 141 项重点建设项目中有好几个就放在成都。铁路车站放在哪里？重点项目摆在何方？都必须很快做出决定，于是成都的城市规划就迫在眉睫了。

说实在的，正如七届二中全会决议上说的，我们熟悉的东西快要闲起来了，不熟悉的东西，逼着我们去学习。城市规划，对我们来说就是新课题。我虽然曾经在大学学习过工科，可是我学的是化学工程，对于建筑，实在隔行如隔山。就是学的那一点理工知识，也早已在革命斗争中，还给老师了。可是没有办法，只好毛驴子当马骑，要我去管成都市的城市建设，后来还把我调去筹备建立省建筑工程局，后来改为城市建设厅，叫我做厅长。成都的城市建设自然在我管辖范围内。那时，国民党只知道打内战，从来没有搞过城市规划，找不着这方面的人才，只得从建筑师中找人改行。我们总算找到了刘昌诚工程师，看来他对城市规划，并不陌生，而且乐于承担。

刘昌诚不久就搞出一张成都城市规划的草图来。我们看一下，大体可行，不行也得行，便定了下来。首先是把成渝铁路火车站，摆在城北，货站摆在城东北的八里庄。新工业区自然要放在货站不远的东北郊。城市的中心还是放在皇城三座门一带，也就是现在的天府广场一带。当然要从城市中心辐射出几条干道出去，首先要修建的就是一条直通北火车站的人民北路。城中心向东西两方规划修人民东西路，向南修人民南路。还有一条直通东郊工业区的大道。外围规划一条环形的一环路，将来还准备修二环路。

后来我们曾经把这张规划草图带到北京去请苏联来的城市规划专家穆欣审查。成都市的规划本不在他的工作计划内，可是当他看了我们的草图，听我们的初步介绍后，他就大有兴趣，和我们研究起来。他认为成都是一个得天独厚的城市，不仅历史悠久，文化昌盛，气候温和，物产丰饶，风光美丽，还有特别的自然条件。城里有两条河流，一周围被河流包围起来，城周有许多风景名胜和森林，远郊有许多旅游胜地，这是最适宜于居住的地方，这样好的自然条件的城市，他说在世界上是少有的。成都可以规划和建设成为一个绿化得十分优美的适宜于居住的历史文化城市。

于是他就拿起笔在这张规划草图上东画西画地指点起来。他以为一定要把城市里两条小河保留并且加以扩大，成为城里的绿化带，建成公园，还要充分利用四周河流，加以扩大，修成环形绿化带。特别是在东北猛追湾回水沱处，扩大面积，建成为一个东郊工业区的工人文化休息公园。望江公园还要扩大，从此向西直到草堂一带，作为文化教育风景名胜区，更要好好绿化。东郊塔子山，南郊牧马山，北郊凤凰山、天回镇一带可作为森林公园。总之，他对于成都的绿化寄予最高的希望。城市格局，他赞成在皇城前修建一个人民广场作为城市中心，向外辐射出若干条干道出去，和两条环路相交，形成城市交通框架。城里由棋盘街式的东城区、肋骨式的少城区和方正的皇城区，可以分成三个不同格局的区进行建设。他很赞成要有一条直通东郊工业区的大道。他主张要有一条贯通南北的城市中轴线，就是人民北路和人民南路。东西也要有穿城而过的人民东西路。他还很注意城市中心区的建筑格局，除开要有一个够大的群众集会广场外，特别注意广场周围的建筑不要轻易摆布，他说可以暂时不建，以免重犯许多城市建设中已犯过的城市建设“锅底现象”，即周围后来修建许多高层建筑，城市中心反而早已建成一些低矮简陋的建筑，有如锅底。他以为在中心广场的周围的建筑的风格一定要注意统一协调，比较高雅庄重而富于民族特色，一般应该摆放公用文化建筑，比如博物馆、图书馆、大剧院、大教堂、文化宫、大书店之类。这里要求幽雅、安静、美丽，成为来旅游的人一定要观光的地方，显出一个高品位的文化古城，然而又是高度工业化的现代化大城市。他认为切不要把商业区放在这里，应该放在工业区与城中心之间的宿舍区一带，就是现在的春熙路一带。

苏联专家说的当然都很有特色，很有见地。但是当时我就感到，好倒好，就怕难以实现。比如从人民广场向南的人民南路，如果直通南站，那就要拆民房，新修过河大桥，且要把名牌华西大学一剖为二。这恐怕很难通得过。所以刘昌诚后来画好送来我看的规划图，还是人民南路只通到红照壁，然后分两条到老南门和新南门出城，与一环路相交。而人民东路也止于西顺城街，人民西路止于东城根街，这两条干道长不过千米，实在不像样。我觉得很不合理，却无可奈何。

后来直通东郊区的大道没有实现。直通南站的人民南路的打通，则多靠省委省政府分管建设工作的副书记副省长阎红彦同志。他坚决支持一条大道直通南站，把华西大学一剖为二，给他们补偿土地，还修一条地下通道连通大学东西区就是了。这实在是办了一件大好事。后来到底建成了成都的一道大家称道的风景线——人民南路。至于像盲肠一样的人民东西路，直到 80 年代，才延展成为今日的蜀都大道。

搞城市规划，是百年以至千年大计，要有远大的眼光，从长远考虑。只迁就眼前的既成事实，害怕困难，是办不好事情的。一条错误的道路，一幢不好的建筑，建成以后，往往造成永久的遗憾。但是成都市的城市规划，却遇到上级领导一些过分的关心，某些具体项目也要我事先请示，叫我伤透脑筋。比如某一条街的宽度应是多少公尺，这样的具体事情，本来我们有权决定，可是不行，要我们事先请示，得到批准才行。因此就不免发生歧见，而最后常常以下级服从上级来结束，有时弄得啼笑皆非，造成遗憾。当时成都市委廖书记也常为此事而烦恼。他慨乎言之："城市建设的一些具体项目，我这市委书记都不管的，省委有的领导同志却常要过问，还得照办。天子脚下，京官难当呵。"当然我们知道，省委领导同志的关心，是出于好意，他常常告诫我们，不要大脚大手，好高骛远，劳民伤财。他特别对我这个具体管城市建设的知识分子不放心，就怕我听信资产阶级知识分子的吹嘘，好大喜功，办了错事。所以我对廖书记说："恐怕不是对市委不放心，是对我不放心吧。"在我看来，这本来是某些山沟里小农经济观点和现代城市观点的矛盾，却莫名其妙地转化成为无产阶级观点与资产阶级观点的矛盾，从这样的思想观点出现，自然最后是无产阶级观点战胜资产阶级观点收场了。

我记得有一回，因为北京来的客人到成都来都说，成都没有修一条像样的街道，没有修成片的新街房，我们也认为是这样。于是为壮观瞻，决定整修进出省委必经之路的东城根街，决定扩宽街道，把两边破烂街房拆掉，修建两边的新式街房。所谓新式，也很可怜，因为投资有限，只修成一式三层砖木结构的红砖房。造价十分低廉，几十元一平米，质量很不算高，外形也不美观，在那时已是差强人意的所谓永久新房，当时成为一条亮丽的风景线了。

规划部门以为东城根街是西城区的主要干道，宽度不能少于三十几公尺，我和廖书记都赞成。可是我去向领导汇报时，他却不同意，以为拆民房太多了，从原来的十二公尺扩展到二十公尺左右就行了。力争无效，我和廖书记研究，为了将来便于展宽到三十几米，现在只在路西修建新的街房，东边的破烂街房保留着。这就是为什么东城根街只修了一边街房的缘由。一直到前些年，东城根街才向东拓宽，大兴土木，修建起许多漂亮的高楼来。西边的当年颇为出色的一溜红色砖房，却显得那么矮小，那么卑微，只“永久”了二十几年，便摧枯拉朽地拆掉，陆续修了新的高楼。我走过那里，真有“人事已非，景物大异”的感觉，然而是非常高兴的感觉。

说到这里，我又想起在东城根街修建标准住宅的事。那个时候，我国的化学工业还很落后，化学肥料很少。眼睁睁看到四川有丰富的天然气，却无法合成转化为化肥。当时听说北京开高级会议，议论起肥料问题，说是“一头猪就是一个小化肥厂”。于是城市的人虽然不够资格成为小化肥厂，但是人粪当然也是很宝贵的肥源。于是领导要我们修现代化住宅时，研究如何保留人粪的问题。于是在领导的提倡下，就在东城根街北头，我记得就是在省曲艺团大门对面，修几个单元带有旱厕的住房。每一层人家都在后房有一间旱厕所，上下相通，从四楼厕所拉屎拉尿，一直掉到底层下的茅坑里去。我亲自去试拉过，真是咚咚之声，颇为壮观。只是那臭味因为不能像抽水马桶那样的大量放水冲洗，无法去掉。几层楼的住户都反映："太臭了！"骂我们出这样的"臭主意"。谁也不愿意去为贡献宝贵的肥料而做出天天闻臭味的牺牲，成为城市建设的一段笑谈。那栋典型民居，大概早已改造掉了，知道这件逸事的人大概也不多了。

总之，我们那个时候，一方面，由于我们缺乏知识，更缺乏远见，根本没有想到成都后来发生这么大的变化，所以有的规划造成现在这个城市的某些不方便。另外一方面，也由于对于现代化大城市的发展观点和某些小农经济观点发生矛盾，增加了规划的难度，做了些不尽如人意的事。但是有一点，我对于苏联专家主张把成都规划建设成为一个美丽的高度绿化的城市，完全赞成，而且希望实现的。然而后来的事实，却使我大失所望。真正改变了我的失望情绪的，只是近年的事。然而有的却无法挽救，成为永远的遗憾了。比如城里的两条绿化带，"文化大革命"中，省革命委员会根据"深挖洞"的最高指示，改成防空洞了。

规划不易，建设更难

成都从解放到 1952 年没有进行成规模的城市建设，淘挖金河御河，修建工人新村和人民商场，整修皇城内建筑，建人民体育场，都是结合解决社会就业和改善卫生条件而进行的。真正算得是像样的城市建设只有穿城而过的大下水道。从 1952 年起才配合铁路建设和新工业区的出现，大兴起土木来。首先办的就是 7 月 1 日成渝铁路通车典礼将在成都举行，西南局的邓小平政委、贺龙司令员、铁道部滕代远部长和一批重要党政领导人员，听说都要光临成都。我们总不能以一个破烂不堪的成都欢迎贵客吧？铁路修到我们城市北郊，并且决定在火车站前的广场上举行十万人的通车典礼，我们总不能连一条从城中心通到火车站的道路都没有吧。总不能在湫隘窄隘的陋巷里召开多少万人参加的庆祝大会吧？北京要来成都摆141重要国防建设项目，我们总不能连一条通工业区的道路也没有，只是拿一张规划草图和苏联专家纸上谈兵吧？那样一来，说不定专家们就会以条件不好，而撤走项目了，那时哪个城市不是都在力争摆141大项目吗？

然而过去我们是太小家子气了，只花点小钱修修补补，能过日子就行了，还以“好官不修衙门”自诩呢。的确是这样，所有的机关都是利用国民党留下的老房舍和占用大量地主军阀官僚们留下的大量公馆。我记得好像只有为了安顿将要来的苏联专家，在永兴巷修建了一座专家招待所，稍有气派。我们到重庆看到贺龙贺老总领导修建的大礼堂，那么气派，羡慕之至。然而我们的领导并不以为然，告诫我事事要节省，将就，不要大脚大手，劳民伤财。这种“新三年旧三年，缝缝补补又三年”的节俭精神，当然是可贵的。现在的吃、穿、用、行，和过去在穷山沟过的日子比，的确是好得多了。但是，现在要搞大建设，要建新城市了，该花的钱不花，该拆的烂房子不拆，该修的新建筑不修，该打通的道路不打通，该展宽的大街不展宽，该搞的绿化不搞，那就会妨碍建设了。我们在规划上已经碰到一些思想矛盾，那还是在纸上，现在真要按图实地干起来，遇到的矛盾就更多了。

每年五一和十一，以至其他节日，是要开大规模的群众大会的。要开动辄十万二十万人的大会，不在城市中心建一个大广场，打通几条群众游行大道是不行的。开始我们曾在盐市口搭检阅台组织过纪念大会，因为无广场，街道小，几十万群众半夜就集中，上午开会后游行，群众从检阅台前通过，走到下午很晚，还没有走完，台上的领导和游行的群众，都弄得疲劳不堪，不能怪我这个秘书长（几乎每次都指定我当秘书长）办事无方，实在是条件太差，能有个小天安门和小长安街就好了。

1952年七一节前，成都市要开庆祝成渝铁路通车和宝成铁路开工典礼，又指定我做秘书长。这次我们除开要从城中心打通一条直达北火车站号称人民北路的中心大道，过府河还要修一座万福桥，要从北门外的李家巷修一条西通人民北路东通八里庄工业区的李八路外，下决心要在城市中心开辟一个能容几十万人集会的人民广场，在残存的皇城大门三座门上修建一个天安门式的检阅台。这件事情，我到川西区党委（那时还不叫省委）向领导汇报了。他对修道路，毫无意见，但是对于在皇城大门前要修一个大广场，以及在城门洞上修一座天安门式的检阅台，却犹豫了。首先他听说要拆那么多的民房，就觉太难，他问："你们能够把那么多老百姓安置好，各得其所吗?"我说市委已有安排，现在已经有一批工人新村的房子，可以安置好。我并说，我们事先做过调查和动员，老百姓都很支持。但是他还是没有点头，要再考虑。至于修小天安门式的检阅台，他坚决不同意。他说："你敢在成都修一个天安门吗?"那意思很明白，那是"大逆不道"了。我说，不是我要修小天安门，那里是皇城的大门，本来就有一座具体而微的小天安门，而且在三洞城门前，本来就有一对大石狮子、三座小石桥，前面直到三洞桥抵达红照壁的广场。我们现在不过是还原罢了。我没有能够说服他，而眼见七一要到，时间这么紧，真叫我们着急。我再三去催问，有一回我看他情绪很好，我说起这事，他竟然点了头。不过他打招呼，广场可以先不要拆那么宽（原来我们规划的和现在的天府广场差不多一样宽），城墙上绝不能修什么小天安门，搭个席棚检阅台就行了。

也许是我的多虑，其实我们市委和米市长都有这个多虑，怕发生变化。所以我得令之后，回来一传达，米市长马上下令，连夜连晚地拆房。那种木架竹编房屋，只要把人动员出来，把瓦下了，用绳子一拉就垮了。真是摧枯拉朽，两三天工夫，就从皇城城门洞拆起，一直拆到红照壁，把场地稍加平整夯实，一个广场的模样就出现了。这就是后来的人民南路这一段的基础。我后来失悔没有乘势把规划的广场拆出来，只是把人民南路北端一段未修花坛，作为广场。后来长期不能动，拖了三四十年。直到这次拆宽广场前，使直通人民南北路的大路在这里拐几个弯，很不方便。那时我要下狠心一下拆成，最多我受点批评，就不会造成长久的遗憾了。搞城市建设，我看有时是要下狠心，才办得成事的。

从人民南路通后子门的两条单行道，原来是开在检阅台两边的，现有的这两条单行道是后来各向东西移动到现在的位置的。说起这两条单行道的开通，也颇有些周折。这是两条南北最重要的通道，虽然是单行道，我以为应该拓宽一些。这条路应宽多少公尺，本来是规划部门的具体小事，可是我们的上级却偏有兴趣来过问这样的小事，可能是出于对我的特别关照吧。我提出这单行道各宽十几米，不算宽的，可是他却坚持只要七米宽就行了，两条加起来已经有十几米，够宽的了。我争了一下，他很不高兴，说就这么定了。我很不以为然，下来后碰到阎秘书长。我知道他的话，在领导面前历来是有分量的，我就找他说我们的为难处，这是百年大计的事，请他代我去转圜一下。他也觉得七米是太窄了，想了一下，对我说：“你不要再去说了，这样吧，你回去就按十四公尺办，不要宣扬，也不说是我说的，将来问起来，我来承担就是了。”我回来就照他说的办，其实下面做的加上人行道，比十四公尺还宽些。领导坐汽车从那里过，他何曾清楚七公尺到底有多宽？这个事我一直没忘记，连七公尺也还记得，对于阎秘书长的通情达理，我很感动，这算是逸话了。

东边的一条单行道，后来移到省政府各厅办公楼的东边，比原来的又展宽了一些，是完全必要的，但是起初因为西边的一条单行道，大概因为拆迁遇到麻烦，没有打通。那时东城根街的南北两头，都没有打通，西顺城街还没有拓宽，而且北头也还没有打通过去，不能承担南北向交通主干道的任务。于是只有叫作城市中轴线的人民南路和人民北路，承担南北主要干道的任务，实在是太重了。大小车子，都挤在东边这条单行道上通行，弄得拥塞不堪，那里经常堵车，发生“肠梗阻”或“盲肠炎”现象，我一直感到遗憾。这种情况一直拖到“文化大革命”，都没有能解决，而南北向的大小机动车越来越多了。我虽然早已离开城建部门，却和我当时的领导无方有关，心里总是记挂着。听说西边单行道上不仅乱搭建临时房屋，而且在北端被警备区在规划的西边单行道上，修建了一幢永久性的四层大楼了。这条十分重要的南北通道将要永远从规划图上消失了。那时正是部队“支左”的时代，一切权力归于部队，市政府早已不存在，规划部门早已砸烂，哪里还有人敢说个不是的。但是还是反映到我的耳朵里来了，我那时在省革委政治部宣传部分管文艺工作，省委书记兼省革委主任的刘兴元，对于文艺饶有兴趣，喜欢看演出，常叫我去他那里谈文艺工作，要我组织晚会，陪他看戏，有点熟悉了。于是我冒昧向他提出警备区在规划的南北主要干道上修建了永久性建筑的问题。我把这条南北通道的重要性向他汇报了，他竟然听了进去，并且同意我带路去看看。我们坐车去看了一下，果然一幢快成形的四层大楼赫然在目。他说，叫他们拆了。我赶忙解释，这不能怪他们，他们本来不知道规划这回事。他说，不知道也要拆。不知道是不是他下了命令，后来这幢大楼果然拆了。这是不是全归功于刘兴元，我不知道，反正他办的这件好事，我一直不能忘记。

永远的遗憾

50 年代成都市的城市规划和建设，用四十几年的实践来检验，当然是不能令人很满意的，可是在那种困难的条件下，总算给成都市的城市建设，打了一个初步的基础，现在实行的基本上还是在当年的基本框架上加以改善和扩大的。比我们那个时候要合理得多，规模也大得多，成都的确已经建设成为一个现代化的大城市了。大街纵横，高楼林立，交通方便，水、电、气供应充足，特别是电话非常普及，稀罕的手机也成为一般人可以使用的通信工具。更不要说各种大型现代化工厂，以至高新技术产业，都蓬勃发展起来，规划出高新技术区和一个又一个的卫星城市了。大多数的人过着现代都市的舒服生活。

然而从一个现代化的文化名城的要求来看，甚至就从我们当时的规划理想来看，不是我故意挑剔，还有许多不尽如人意的地方，甚至有许多已经变成为永远的遗憾了。

第一个不尽如人意的地方是成都的绿化。照当时苏联专家的看法，成都的自然环境得天独厚，可以绿化成为世界上非常美丽的绿化城市。但是从现在的情况看，不仅不能和南方的厦门、苏州、杭州、扬州来比，就是和北方的大连、威海来比，也有逊色。原来城市里成片的绿化区本来很少，现在也只有天府广场、猛追湾和新整修的府河南河部分地段（顺便说一句，有的人提出，现在报纸上和口头上通称为“府南河”，其实是不通的，明明是府河和南河两条河，怎么叫成一条府南河呢？南河本来有一个很漂亮且有历史意义的名字“锦江”呢。这个问题值得考虑。）可以算数。大街上只有几条可怜的绿化隔离带和零碎的三角地，很少见可以让大家游息的整片绿化地。一眼望去，就是高高低低的向右看齐的一色灰白色的大楼，门前很少看到绿化片，倒是常常看到在琳琅满目的高楼前，依然保留着没有拆除的破烂不堪的旧房，所以有人讥讽说，这就像穿着漂亮上衣的成都姑娘，却穿着破烂裙子和破烂鞋子在大街游荡，太不雅观了。我记得解放前成都，在破烂街房后无数的公馆里都有绿化得很好的花园，在城墙上望去一片绿海。其总面积恐怕不会比现在城里的绿化面积小。

但是最令我感到遗憾的是城里两条最重要的绿化带金河和御河被彻底消灭了。我们原来规划时，特别重视这两条不可多得的城市河流，决定加以扩大，两岸建成绿化公园，让大家公余之暇有个游息之地。我们并且已经着手先修御河，河流已经扩宽，可以荡舟，两岸修成梯形花坛，岸边植树，可以坐，可以游玩。为了保持河水清澈，专门从城外西北桥引一条暗渠水直入御河，排入金河。但是“文化大革命”中却被革掉了，用来“深挖洞”，修成防空洞了。对此感到遗憾的恐怕不只我一人吧。就是现在修整了府河和南河，增加了成都的亮点，成为对外展示的重点，引为成都的骄傲，也不能解除我的遗憾。不过话又说回来，我算老几，谁管你遗憾不遗憾？正像那“大革命”的年代，我听说把皇城的古建筑毁了，就是痛哭流涕，又能怎样？也正像我对于成都市的临街建筑设计的自由主义，感到遗憾一样，我批评是在“修长城”“板门店”“火柴匣”又怎么样？谁来理会？连像把具有特别历史文化价值、带有十分诗意的锦江这个名字被人从历史上抹掉了，而代之以一个不伦不类的府南河，我提了意见，写了文章，文化人都赞成，领导却不理睬一样。好像在成都（恐怕也不只成都）修临街建筑，完全可以不顾造型、格式、层高、基线定位的。谁有钱，谁能买到哪一块地皮，修多少层，修什么样式，都是可以由出钱的老板和设计师自由发挥的。我不是说他们对于单个的建筑设计，没有用心，我是说这个建筑在整个城市的建筑群中功能和造型上如何协调统一，如何增加城市的美观。我不客气地说，有的设计师好像下决心要给成都这个美丽的城市，多留下一些遗憾，才能显出他们的能耐似的。

我常听说电影和电视剧是“遗憾艺术”，我看有的城市建筑设计也可说是遗憾的艺术，而且往往是永远的遗憾。一部电影就是拍得不如意，不过是遗憾于一时，也许几个月一年，就从观众的记忆中淡化了。然而一座建筑在大街头上立起来了，如果不好，却是要在那里现形几百年的。我听建筑大师说过：“建筑是立体的图画，凝固的音乐，无声的诗。”我相信这话。我相信一个建筑得很美丽的文化名城的建筑群更是一幅壮丽的长卷，一支交响乐，一部长诗。要做得很好，当然是不容易的，所以说建筑是遗憾的艺术，但是总要努力，做得不要太丑陋。不要引起群众永远的遗憾。

在成都，我引为最大遗憾的恐怕要算旧皇城古建筑的拆除和修建一座莫名其妙的“万岁馆”了。古建筑明远楼、致公堂和古牌坊都是历史文物，不应该拆掉，残存的皇城三洞门城墙和前面的两个大石狮子和三座石拱桥，也不应该拆除。不仅不该拆除，而且应该在城墙上恢复原来的小天安门式的城门楼。如果保留了从致公堂、明远楼、三洞门城墙上的小“天安门”，直到前面的广场周边的建筑，一直拉到红照壁，周边的公共建筑群都富于地方色彩，那该是多么辉煌的景象！

然而所有这些美好的设想，都被“文化大革命”给革掉了。我特别不满意的是拆掉这些以后，修建了一个“万岁馆”。其造型完全是为了挂四条“四个伟大”的标语和树立林彪的那几句赞颂话的格式而修建的。在一个美丽的历史文化名城的市中心建立这么一幢造型不伦不类的大建筑，实在不算高明的主意。然而那时，连这幢建筑前面的毛主席大塑像，却是作为非常神圣的一件全川人民向伟大领袖献忠心的大事来办的。真是全民动员，全力以赴。只算政治账，不算经济账，只表忠心，不计成本。听说各地都在开山找最好的最大块的大理石，修专用车道用大拖车拖到成都来，隆重献礼。以至忠心逾量，大理石太多，许多堆放在人民公园，派作别的用场。一切机关团体、党政军群，都争先恐后地去登记，参加义务劳动，以表示忠心。而且能不能参加义务劳动，是革命和反革命的分界线，反革命或准反革命分子都是没有资格参加义务劳动的。于是听说机关里谁要有机会到“万岁馆”工地滚一身泥巴，那是最光荣的事，也是革命者的标志，不愿脱下那身脏衣服，从而引为自己的骄傲。

那时我是造反派定性了的“反革命”，自然是没有资格去参加劳动的，事实上我正被关在监狱里，也没有可能去参加。我在报纸上看到这些报道，起初感到好笑，继而不觉老泪横流，不是因为捞不到这份参加表忠心劳动的光荣，而是为了那些被拆除的古建筑。重要的文物毁于一旦，我不能不为之一哭。

这座花了不知多少百万元千万元的“万岁馆”，建立起来了，这座实在不配放在这个大城市中心作为这个大城市的标志建筑，只能成为成都城市建设永久的遗憾，永远无法抹去了。至少我认为是这样。但是立在“万岁馆”前面的毛主席立像，我却不以为是一个遗憾。在一个城市的广场树立伟大历史人物塑像，在西方的历史文化名城倒是常见的，在成都中心广场树立一尊毛主席的像，未为不可，至少可以作为“文化大革命”的纪念文物吧。现在的市民可以有许多不恭敬的说法，有的说那手势倒像是毛主席在那里站岗，指挥交通，有的说那手势像是在说“五番!”有的指着大像后展览馆上的大幅广告，说是他老人家在号召：“到花水湾去。”他们却不知道这尊塑像曾经有过的光荣和神圣的时刻，万人空巷，拥到广场参加揭幕典礼，流着眼泪欢呼万岁。市民的戏说，实际上是在批评我们，在城市广场的中心地带和重要文化景点周围，不应该到处乱立大幅广告。这是对于重要塑像的不尊重。我曾经到英国、法国、意大利去看过，他们城市里的文化景点，特别是中心广场，对于树立在那里的英雄人物塑像是非常尊重的，在这样的地方一周围，很少看到像我们的城市这样，为了票子，满墙满壁地立着五颜六色的大广告，把文化景点埋没了，降低了城市的文化品位。甚至他们不准在历史文化名城的城市中心，建立高层建筑，仍然保持着古色古香的味道。巴黎就是这样。我这样说恐怕也是白说，反而会招来有些人的不高兴。但是我白说也要说。

我对于成都城市建设的最大遗憾，正就是在城市中心天府广场的规划和建设上。一个历史文化教育名城的中心广场一周围建筑物的规划上。我看西欧许多历史文化名城，是很有讲究的。他们很注意在中心广场一周围建筑群的配置。为了突出历史文化的特点，大多把重要的古典纪念建筑、文化建筑，如纪念馆、展览馆、博物馆、图书馆、大教堂、大剧院、绿化广场摆在中心周围，看来十分神气、庄严、静谧和壮丽。一走到那里，不由人不肃然起敬，发思古之幽情。而那些建筑物的风格也是各具特色而又统一协调的。看一看现在中国有名望的历史文化名城成都的中心广场，到底如何呢？除开那塑像、那草坪，新建的锦城艺术宫和皇城清真寺，还有多少历史遗迹，多少文化气息？周围的建筑忽高忽低，造型是各显其能，五花八门，唯独没有中国民族特色和四川特色。而且大半是行政办公建筑和商业建筑，到处是触目的大广告牌。我们当时曾尽量不让广场周围马上修建永久性建筑，就是想从长计议，尽量避免失误。（附带说上句，那两幢省和市的办公大楼，我曾经主张尽量往后摆放，不要放在大街人民东西路面前，而和省委领导争论再三，最终以有权者胜，硬把两幢不起眼的五层楼的办公楼建筑放在广场边，成为我的遗憾。）当时我想，如果能在城市中轴线上保留一群古建筑，在它前面的广场周围，摆上城市公共建筑，如展览馆、博物馆、图书馆、大剧院、文化宫、书店之类的文化建筑；这些建筑在造型上充分表现出地方民族色彩，风格一样而各呈异彩，再加上一个漂亮的绿化广场，使旅游的人们一到这个中心广场来，便被一种中国文化气息所感染，可以使人流连忘返，该是多好？

然而我的理想大概要变成幻想，成为我的永远的遗憾。

巴金回家

想闻故乡泥土的芳香

“胡马依北风，越鸟巢南枝。”老作家巴金老人想回到离别多年的故乡成都的愿望终于实现了。10 月 5 日的晚上，巴老由他的女儿女婿陪同，从上海飞到成都，由巴老的侄儿李致同志迎接，下榻于成都郊外的金牛宾馆。

10 月 6 日的上午，我匆匆地到金牛宾馆去拜会巴老。这是成都少有的晴天，作为成都市花的芙蓉花似乎为了欢迎归来的巴老，在秋阳中的大道两旁，开得特别鲜艳。我走进接待室，却已经看到四川革命耆宿九十三岁高龄的张秀熟老人已经在座，看来他比我还急呢。他们二老作为老朋友已经开始叙旧了。巴老说：“有二十六年没有回来了，这次回来，是想还多年的人情债，看望一下老朋友，还想闻一闻家乡泥土的芳香，带一点家乡的泥土回去。”

巴老穿着朴素，一件老布上衣已经开始褪色，他虽然一头银发，不大说话，老拄着手杖微笑地望着，又好像在回忆什么。我对巴老说：“从某些报道和文章里获得的印象和我今天看到的不大一样，其实您和我几年前在北京看到时差不多，还是很鲜健的。”他说：“不行了，摔跤跌断了腿，住医院出来腿短一截，行动不方便，倒也没什么，由于帕金森病，手写字发颤，总感到中气不足，才是恼火的事。”据巴老女儿告诉我，巴老现在还每天伏案用微颤的手握笔写作，吃力得很。老作家还如此勤奋写作，这种“春蚕到老丝方尽”的精神，令在座的都感动了。

过一会，艾芜和留在成都专等巴老回来的沙汀二位老作家来了，他们间的长期友谊，使他们见了面几乎没有多少话要说，多是欣慰地互相微笑相望。沙汀的耳朵有些“背”，便以为别人也听不清，爱在巴老耳畔咬住耳朵说话，怪亲热的样子。

我提到四川文学是三年前便打算请三位八十同龄老作家和大几岁的阳翰笙老人回成都聚会一回，为他们祝八十大寿，同时开展老作品讨论会。可惜巴老摔跤，不能成行。现在翰老没有来（他几年前单独来过），你们三老总算在成都聚会成了，而且九十三岁高龄的张秀老也如愿以偿，他多次写信催巴老回来一见，今天终于见到了，这也算是四川的文坛盛事。大家听了都粲然一笑。李致同志说：“张老九十三，巴老、沙老、艾老都是八十三，马老你也有七十三岁了，真是巧得很，你们是五老聚会呀。”我虽然年过七十，也跻入老龄，可是怎能和四位老人相提并论呢？把我们五个人拉在一起并排照相，实在惶恐。不过我有一个新的想法，向巴老提了出来：

“巴老，你不要把这次回来当作最后还债，希望你年年回家，如果做不到，希望你再过七年，无论如何要回来，那时张老满一百岁，你们三老都满九十岁，我们准备给张老祝百年寿，给你们三老祝九十寿，那多好。”

巴老笑了，张老颇有信心地说：“我现在的计划还不止一百岁呢，你们九十岁，比我该更有信心。”大家更高兴地笑了。

桂湖小集

巴金老回成都前，曾经和负责接待的省委宣传部副部长李致同志相约过，他这次回来，完全是想回老家来看一看，和几个老朋友叙一叙，除和省委领导礼貌相见外，不作别的活动，也不和文学界广泛接触，也不想惊动新闻界。李致同志和我们商量过，我们也完全赞同。所以巴老一到，便和几老研究，想找几个清静地方，走走看看，喝喝茶，摆上龙门阵，吃上豆花饭便是了。于是决定第二天，几老一起到新都宝光寺一游，然后到明朝蜀中大文人杨升庵故居所在的桂湖去看桂花，在那里吃豆花饭。主意很好，第二天依此而行。

谁知一到宝光寺，进入方丈小院喝茶时，已经有本寺住持和本地党政领导和各方面来采访的新闻记者，还有照相的，拍电视的，云集于方寸之地。各人都有任务，强光灯照着，咔嚓之声不绝于耳。跟着向巴老提问的，要求巴老等几位老人题字的、签名的，都围上来。总指挥李致失去权威，号气不行了。结果茶没品成，五百罗汉没看成，园林没游成，文物没看到，几个老人叙谈更无法开口。虽然这是大家景仰巴老的盛情，令人感动，而且巴金、沙汀、艾芜三位同龄的文学前辈远自京沪来蓉欢聚，又有四川革命耆宿九三老人张秀熟亲陪，真算文坛盛事，记者采访无可厚非，但是他们到底年事已高，热闹场合，难以适应，深恐有个闪失。所以他们只在寺院准备的宣纸上签上名，便匆匆出了寺院，到桂湖去。

到了桂湖，那里游人更多，害怕巴老等人陷入人流，绕湖一圈赏桂花之议只得作罢，进入休息室休息去。到了那里，还是前后左右，熙熙攘攘，虽有好茶和地方风味茶点，也顾不上品味，促膝谈心，更无法进行。我和李致坚决不主张开签名的例，于是沙汀老叫我在准备好的宣纸上写几句话，几位老人各签一个名，便到餐馆去吃豆花饭去了。

我真以为是去吃豆花饭，到了那里才知道是地方主人大宴招待，各种正宗川味好茶，各种美味小吃，一盆又一盆，一盘又一盘，一碗又一碗，一碟又一碟地端上来，垒了三层，如宝塔一般。可惜这些老人本来吃得素净，吃得很少，许多名菜老人们没有动箸，而盼望的豆花却老不端来。可能主人以为豆花不能上大宴桌，却不知道这正是老人们心向往之的。后来豆花端上来了，却只一小盆，稀稀拉拉，开箸不久，豆花盆便见底了，想要再吃一盆，热心的主人去张罗，却已不可得，我们未免有点扫兴。然而巴老还是以能回到这个长留在他的记忆之中的故地而高兴，他说他七岁时曾游新都，曾在这里走丢了。

巴老回家

巴老在成都的旧居，即名著《家》中所描写的那个家的原型。虽然经过几十年的变迁，早已面目全非，可是我们仍然盼望巴老回到他的老“家”来看一看，今天终于实现了。

我们陪着巴金、沙汀、艾芜三位老人，驱车到正通顺街，由成都军区文化部和住在那里的战旗文工团热情接待。由于旧居的房舍基本上都拆除了，在新楼林立的大院里，巴老坐在轮椅里东张西望，似乎连方位都已经难以辨认。由热心的主人向巴老指点旧日的厅堂、大院和厢房、马房所在，还引巴老去看一株留下来的桂树枯干和东墙遗迹，还去看一个有两棵大银杏树的小院。巴老在轮椅里沉思，似乎已难以辨识当年的遗迹。当然他更无法去摸一摸他念念不忘的当日马房的泥土了，但是他还是很高兴地在正通顺街的街边看到了那口古老的双眼井。巴老仔细端详，这的确是当年旧物，巴老正流连间，忽然在周围围上一二百当地居民来，大家知道是巴金回家来了，都要来亲候他老人家，巴老用很感动的眼光望着大家。然而主事的李致却紧张起来，这样下去，不多一会，一条街的人都会围过来的。那将陷入热情的群众人流之中，难以脱身，于是我们毅然催巴老回到大院里去休息休息。一进休息室，巴老、沙老、艾老又陷入那些热情的文工团员们的包围之中，照相签名，纷至沓来，只好早做脱身之计，请三老在一个大签名册上签上名字，便上车回宾馆了。

后来我和李致同志商量，这样经常陷入热情的人群中，几位老人是难以招架的，必须改变办法。李致说，巴老对他说了："原来相信你这个宣传部长的许诺，现在看来，你的许诺也是不大可靠的。"我对李致说："这恐怕不是你言而无信，而是无人能阻止大家对巴老的崇敬之情。要说的话，这倒是巴老在文坛上的声名之累呵。"李致的"委屈"因而释然。

要说真话

巴老说过，这次回来，是寻亲访友，不打算和文学界接触，然而在我们要求下，还是抽出时间来和少数在成都的作家见面。

10 月 14 日下午，十几位作家和巴老同坐在接待室里，济济一堂，许多是和巴老本来认识的，只有少数不认识，大家都趋前和巴老握手问好，巴老很高兴地向大家问好。作家们都急切地想和巴老说点什么，巴老真是应接不暇。我便请巴老对四川作家说几句话吧。巴老推辞说，他最怕讲话，历来不会讲话，他说他这次回来是想闻一闻故乡泥土的芳香，他很想从故乡的泥土中吸取力量和勇气，还想为祖国和人民做点事情。他说得如此朴实和感人，马上使大家想起他过去说过的一段催人泪下的话："我空着两手来到人间，不能白白地撒手而去。我的心燃烧了几十年，即使有一天它同骨头一道化为灰烬，灰堆中的火星也不会被倾盆大雨浇灭，这热灰将和泥土掺和在一起，让前进者的脚带到我不曾到过的地方。"

大家都说巴老的书，说的都是真话，所以特别感动人。巴老说："一个作家做人和写文章都要说真话，我不能说我说的都是真话，但是我力求不说假话。"不过他又补充说他在"文化大革命"中也被迫说过假话。

于是大家把话题转到"文化大革命"上来，巴老很强调地说，不能忘记"文化大革命"这个历史悲剧。他过去就多次说过，不搞清楚"文化大革命"的来龙去脉，不把来路堵死，谁也不能保证已经发生过的事情不再发生。我们不能对前路上这种阴影视而不见呀。巴老说的这几句话很简短，却不能不引起我们的深思。大家都说有人说不要写"文化大革命"了，其实"文化大革命"还根本没有怎么写呢。

时间已经不短，九三老人张秀老还坐在巴老的房间里等巴老说"私房话"呢。大家和巴老照了相后，告辞走了。

我来迟了

巴老和四川著名老作家李劼人有深厚的友情。李劼老已亡故二十五年，巴老这次回来，一定要去拜访李劼老在成都郊外的故居“菱窠”。张老、沙老也陪着去了。小园中芙蓉盛开，阳光普照，巴老在小池边、曲径中和藤架下，流连不已，显然唤回了他1961年来这里和李劼老欢聚的情景。而今李劼老作古多年，不禁黯然神伤。

我们扶着巴老、张老和沙老在雕塑大师刘开渠为好友李劼老精心创作的头像面前照了相。张秀老对簇拥在周围的成都几位文学青年说：“雏凤清于老凤声，今天四川的老凤在此，盼望听到你们的清于老凤之声呵。”说得大家都很振奋。接着我们又拜访李劼老夫人的坟墓，然后回到李劼老原来的接待室休息，墙上的名人字画和细木长椅都是当年旧物，巴老望着，良久默然不语，然后他用他那颤抖的手提起笔来在签名册上写了一句话：“1987年10月13日巴金来此看望劼人老兄。我来迟了。”他那深切的怀念之情，溢于纸表，令人感动。

这时成都市的党政领导同志来看望巴老来了，特地给巴老送来一盆海棠花，对巴老说：“听说巴老想带一点家乡的泥土回去，我们送来这一盆海棠花，里面都是成都的泥土。”一盆家乡的泥土，真有意思，那盆泥土中生长着一棵弯弯曲曲的铁梗海棠，红色的花在黑色老干上，精神抖擞地开放着。那含义就更深了，巴老看着，十分高兴。

几位老人相约，再过七年，为张老祝百岁寿，为巴老祝九十大寿，一定要回到这个菱窠来相聚。成都市的同志马上表示愿意做东。

访问慧园

巴老这次回成都，专门被邀请到百花潭公园去玩了一回，这里隔杜甫草堂不远，是杜甫的旧游之地，满园的鲜花和盆景，还有苍松翠柏。巴老一进园看到在苍松翠竹掩映下，鲜花盛开，便称道说："这个公园环境幽静，我一生中还是第一次来这里。"巴老顺着曲廊小径，一路看去，到了兰草园，迎风吹来幽香，巴老驻足细看。公园的人便端出一盆兰花，让他尽情闻家乡兰花和泥土的芬芳，巴老不禁动了感情说："我已老了，落叶归根，总想回来看看，闻一闻家乡的泥土，和家乡的禾苗树木一道，接受家乡的阳光雨露。"

大家邀请巴老来游园的主要目的是请巴老亲自看一看正在兴建中的"慧园"。这是成都园林局适应旅游的需要，根据巴老的名著《家》中描写的园林格局，在二十三亩土地上修建的一处庭园，取名"慧园"，顾名思义，是因《家》中的觉慧而命名的。过去曾做过一个模型请巴老看过，这回巴老回成都，自然想请他亲自看看。巴老一直反对修他的旧居，却对在这个旅游胜地按《家》中描写的景观，修一个成都式的标准庭园，倒是热情支持的。他说："修慧园我赞成，虽然我出不了什么力，也愿意把过去保存的一些资料、手稿，送给家乡的公园，表一表我的心意。"在他再看"慧园"模型的时候，他说："我对园林艺术是外行，我在书中描写的庭园，不一定很好，还要靠园林艺术家深化我在小说中的描写。"他还进一步对慧园建设提出一些意见，兴致一直很高，直到他离开成都时，还说，等后年慧园建成了，他想争取回成都来看一看。可见他对故乡文化的眷恋之情是多么深了。

欠了新债

巴老在成都的时间不长，亲朋故旧、党的领导来看望他的不少，我们生怕他行动不便，劳累过度，可是他在繁忙的交际活动之余，还去看了成都的市容，特别是去看他的书中描写过的老地方如商业场。这些地方都发生了根本的变化，景象一新，他不住赞叹成都这个大城的新生。在这中间，他还用了三天时间到自贡市去参观，看了恐龙馆里的世界恐龙奇观，还欣赏了在川剧改革中做出出色成绩的自贡市川剧团的川剧演出。回成都休息两天，便于 10 月 20 日乘机回上海了。

我们送他去机场，依依惜别。那盆成都的泥土和开着红花的铁梗海棠也送上飞机，我们在舷梯边再向他提出，希望他年年回四川看看，以娱晚景，巴老坐在轮椅里不住向我们微笑点头，看来他已经打消了这次回成都是他最后回来还债的想法。果然，他回上海后，便给李致写来信，说他身体虽觉累，情绪却很好，他说："这次回来还旧债，结果却欠下了新债。"我们盼望着巴老再回成都来还这笔人情债。

这次巴金回成都，和八九十岁的几位老友欢聚，特别是巴金、沙汀、艾芜这三位同龄的全国知名作家，相聚于成都，在杨升庵的桂湖小叙，在杜甫的草堂欢宴，的确是一件文坛盛事，不可无记。因此四川省委在草堂餐厅请巴老等几位老人品尝川味名酒名茶时，沙汀老倡议，要我题字写序，大家签名。我东施效颦地照兰亭故事，即序写了一篇《草堂集序》，后由他们几老签名留念，准备存放在四川作家协会。我还不怕在他们面前班门弄斧，在序后写了一首五言律诗，还专门写了一首律诗写成条幅送给巴老。

这五言律诗写的是：

锦城秋色好，清气满苍穹。
美酒酬骚客，墨缘结玉钟。
才为不羁马，心是后凋松。
翠羽摇天处，依稀晚照红。

送巴老的七言律诗是：

巴山蜀水路千程，十月秋光照眼明。
磊落当年沧海去，逍遥今日锦城行。
问天赤胆终无愧，掷地黄金自有声。
穷达升沉身外事，知交把酒结鸥盟。

峨眉天下秀

到中国旅游的人如果不到四川，看看天府之富，三峡之险，剑门之雄，青城之幽，是一憾事；如果到了四川，不去看看峨眉之秀，更是一大憾事了。古往今来多少大诗人，如李白、杜甫、岑参、苏轼、陆游、郭沫若都咏赞过峨眉山，特别是苏东坡说过“天下山水在蜀，蜀之山水在嘉州”，这里的“嘉州”就是指的峨眉、乐山地区。郭老称峨眉山为“天下名山”，并亲笔题匾，可见天下之秀，峨眉是当之无愧的。你如不信，何妨一游，让实践检验真理呢？

那么让我权充一个义务导游人，一块从成都出发去峨眉山一游吧。

驱车出成都，天朗气清，一下车我们便航行在天府之国千里沃野的绿色海洋之中了。那农家的竹篱茅舍掩映在一丛丛翠竹之中，有如海洋中的小岛从身边流逝，风光十分动人。现在车上无事，趁空介绍一下峨眉的来历吧。

峨眉最早见于《禹贡》，张华的《博物志》和郦道元的《水经注》上都提到它，隋唐以后，历代都作为中国四大佛教圣地之一，兴修了七十几个庙宇，善男信女，竞来朝山，千年香火不衰。

为什么叫峨眉？郡志说：“此山云鬟凝翠，鬓黛遥装，真如螓首蛾眉，细而长，美而艳也。”大概意思是“峨者高也，眉者秀也，峨眉者高而秀也。”这和《读书记》上说的峨眉“高出五岳，秀甲天下，震旦第一山也”的意思一样，的确，高而秀，正是峨眉山的特色。

车行很快，不过三四小时，已经跨过秀丽的青衣江，直抵峨眉山下了。让我们利用汽车，先上金顶，再步行下山吧。

汽车沿小溪进去，到了净水，初入佳境，两岸崇山峻岭，茂林修竹，清溪里乱石中流水欢歌，跳出来散作碎玉明珠，飞溅入碧绿深潭中。密林中鸟语，高树上蝉唱，好一片“蝉噪林愈静，鸟鸣山更幽”的恬静景象。

汽车离小溪上山，穿过雾带，奔向云海。仰头看，迎面千嶂滴翠，灰白色石壁夹缝有傲然横出的苍松，青秀挺拔；向下看，万顷朝霞映绿，百里晓雾泛紫；看远处，白水如带，大渡河、青衣江绕过峨眉山，流向远方，别是一派风光。

我们穿过云海，跨入天门，直上最高峰金顶。现在我们正赶上时候，站在金顶的睹光台上，举眼四望，心旷神怡。眼前一片云海，奔腾汹涌，金顶和远处一些高峰，浮在云海上，像瀛海仙岛，引起多少奇思遐想。回头从平顶的瓦屋山望过去，正是银装素裹的大雪山，在太阳下晶莹闪光。

“看佛光呀！”只听一片喊声，转身一看，哈，在云海中忽然出现了七彩光圈，中间像一面圆镜，照出自己的影子来，你怎么走动，它都跟着你，一人一个，互不相见。这便是“佛光”奇观。更远处，见一片紫云捧出虹来，横跨天际，名叫“金桥”，随着云海翻腾，出现许多变化的光带。这明明是太阳照到云层水气上的一种折射反映，哪里是什么“佛光”？但是为了不煞风景，还是不要宣讲科学吧。好景不长，太阳冉冉落入苍茫云海，一切幻景都泯灭了。

晚上天气晴朗，缓步上高台，仿佛轻步瑶阶，天上群星闪耀，有如盛开的玉树琼花，回头看岷山千里雪，在月光下呈现一片银白世界，那真是琼楼玉宇。忽然眼前深谷里出现星星点点的荧光，一会儿成千成万地飞腾起来，于是都说“佛灯”升起来了，其实这也不过是山下磷矿的磷光飞升之故，但这也不必说穿。

我以为最好看的还是第二天清早起来到金顶看日出。这时天朗气清，远远云海泛着红波，万道金箭射向天空。不一会，一轮璀璨红日，在红波中翻腾一阵，爬上蓝色天空，于是山下大放光明。这时才看清这舍身崖是一个万丈悬崖，传说善男信女就是从这里跳下，便飞升到西方极乐世界里去了。只是一直未见从佛国回来的人证明此道。

吃过早饭，束装下山。到了洗象池，本来松林古庙，轮廓清晰，忽然听到万壑松风，把深谷浓雾吹了上来，把什么都淹没了。但是还可以听到一群群神鸽的叫声，雾海朦胧中可见下面群峰如野马在奔驰，时隐时现，倒是好看。

在这里可以看到从松林中走出来的猴子，蹲在石台上悠然自得，颇有点超然物外的样子，怪不得大家叫它们是“猴居士”，这些“居士”看到游人抛去的饼子，却老实不客气地抢到嘴里，大嚼大咬，有失“居士”文雅风度。不过也许它们认为这是游人对峨眉山主人应有的供奉，取之无愧，你看它们吃完后大摇大摆回到松林隐居去了。

“猴居士”家族聚居最多的地方是九老洞，每天三五十、七八十成群结队，从山崖上攀藤附葛而下，等候朝山者上供。若是不给，成群地跟着你走，甚至不客气地拉你的衣襟，掏你的口袋，对你发出责备的叫声。

从洗象池到九老洞，一直下山，在谷底抬头一看，洗象池已浮在云端，我们好像才从天门下来的一般。九老洞并没有什么可看，望进去一片黑暗，也不见“九老”出来，无法问清这洞有多深。阴风吹出，隐约有吼声，有人说那是阴河。在九老洞有世界别地绝迹的化石植物珙桐花，倒是值得一看。

第二天，从九老洞到清音阁，要经过九十九道拐和洪椿坪，给我们已经考验得差不多的双脚又带来新的考验。但是你的疲劳转瞬就会被好风景驱散的，沿着黑龙江，出幽谷，过栈道，穿一线天，这是峨眉山别有风味的地方，山回峰转，苔深石滑，两面山坡有山花织成的锦绣地毯，山村的竹篱瓦舍时隐时现，一路有平静的溪流，也有汹涌的瀑布。百鸟争鸣不一定能引起你的兴味，但那特有的鸣琴蛙为你组织的演唱，你是不能拒绝的。一蛙开鸣，声音悠然如弹琴，群蛙马上应和，俨然一个乐队在欢迎你。

正前进中，忽听水声轰轰如雷鸣，原来是清音阁在望了。这里是黑龙江与白龙江汇合的地方。两江都从石峡流出，奔腾而下，直冲牛心石，在澎湃的浪花水珠中混成一体，直向砥柱般的回龙山闯去，在这风景幽美之地，筑有双飞桥、六角亭和敞轩，还有清音阁供你休息。

虽然你已够累了，还有一个紧要的地方要去看看，从清音阁步行五公里上灵官楼到万年寺。这里有一个无梁殿，供着晶亮的铜像和坐在铜像上的普贤菩萨。共高九米多，重六十二吨，是全国重点文物保护单位。这个无梁殿是古代建筑工程的奇迹，而这尊铜菩萨和铜像怎么运上来的，也算很高的运输技术；这些如果是就地铸造的，那铸铜技术也很可观了。

从万年寺下清音阁，步入幽径到伏虎寺，远看古木参天，飞檐高卷，便是有名的报国寺了。这里佛堂宽敞，金相庄严，有一个铸了无数佛像的铁塔。还不要忘记到展览室看看文物和动植物标本，其中包括世界稀有的长胡子的青蛙和三尺长的大蚯蚓。还可以看出，峨眉山是一个天然的植物园，使生物学者流连忘返。

峨眉山匆匆游过，第四天可以回成都了，但是导游人总要鼓励你顺道去乐山一游，那里风光旖旎，又是郭沫若的家乡。特别是依山石凿成的高七十米的大佛，世界少有，不可不看。当然顺路也到乌尤寺看看，那里是古来骚人墨客流连赋诗的理想幽境。

导游人还会建议，回成都路过眉山，不要忘记去拜访宋代父子三位大诗人苏洵、苏轼、苏辙的故居，那里竹林茂盛，会使你想起苏轼说过“宁可食无肉，不可居无竹”的话。

黄昏时分，我们又回到了成都。我想你应该说玩得尽兴了，然而对你的身体也是一次很好的锻炼和考验。

我到熊猫家乡去来

——卧龙纪游

熊猫是中国人民的“友好特使”，它们已经带着中国人民的友谊出使英、美、法、日本、墨西哥等国家，受到各国人民的隆重接待。可是你知道熊猫的家乡在哪里，那里风光怎样吗？

不久以前，我去访问了熊猫的一个家乡——距成都一百四十公里的四川卧龙自然保护区。在那里不仅和熊猫做了友好的交往，而且沉醉于熊猫家乡的绮丽风光。

我们从成都乘汽车出发，无心欣赏刚才揭开雾被，沐浴在朝阳中的川西坝子的绿野平畴，也无心景仰中外驰名的都江堰的宏伟水利工程，我们径直沿岷江向北驰去，在山清水秀的映秀湾和岷江告别后，钻进了幽深宁静的峡谷里去，在悬挂在绝壁上的公路上沿河谷西行。我们举眼望去，两边是高山峻岭。在云飞雾腾中，到处见到密密匝匝的原始森林和林下铺得满满的箭竹林和灌木丛，青翠欲滴。不知名的野花，点缀在一片青色之中，分外耀眼，从密林深处不时传来一声两声雉鸡的叫声，顿时把我们耳中充盈着的人世噪音，洗涤干净。在新雨初晴之后，忽见几条蓝色的瀑布挂在郁郁葱葱的高崖上。而远远有一片耀眼的银光，原来是大雪山在望。这如画的风景，马上使我想起杜甫的两句诗，

"蓝水远从千涧落，玉山高并两峰寒"。我们继续沿湍急的皮条河边的公路前进，两边林木愈来愈密，沟壑越来越多，到处见到亭亭修竹，滑滑细流，空气十分清爽，从成都带来的暑气和浊气，都涤荡无余了。

向导同志告诉我们，熊猫的家乡卧龙自然保护区到了，眼前横陈着卧龙山。据说很早以前，从东海来了十条龙，有一条龙眷恋这里的美丽风光，便伏卧在溪边不走了，现在还酣睡在那里，这便是眼前的卧龙山，另外九条龙走了一阵，也迷迷于这里的良辰美景，停留下来不肯前进，这便是前边的九龙山。这样的神话自然不足信，但千万不要说破，煞了风景，它总说明一点，这里的风景是十分绮丽动人的。呵，熊猫真会选择好地方，它们原来生活在这么一些高山密林的宁静环境中，我不知道那些出国做友好特使的熊猫，会不会在大都市里为它修建的有空气调节的高级室馆里，仍然眷恋它的自然美丽的家乡？我想它们一定会思念的。谁不想自己的家乡美？何况这里有这么迷人的山山水水！

我们到了自然保护区管理局所在地的沙湾，这里已经列为联合国的生物圈保护中心。我们在新修的十分幽静的招待所住下来，热心的主人便向我们介绍保护区的情况。卧龙自然保护区位于邛崃山脉的东坡，是从青藏高原过渡，横断南北的高山峡谷区。这里海拔较高，雨量充沛，温湿凉爽，满山遍野的箭竹给熊猫提供充足的食物；到处有汩汩清泉，给熊猫提供清凉的饮料；有大片茂密树林给熊猫提供游玩栖息之地。这个保护区划地二十万公顷，从木江坪向西到巴郎山长一百多公里。从海拔一千一百多米的深谷，到四千多米的高山草甸和终年积雪的大雪山。这是一个极好的垂直型的植物园，从亚热带、温带到寒带的植物都有，还有一些别地不见的珍贵植物。这里也是一个很好的天然动物园，珍禽异兽不少，列入保护的多达二十九种，熊猫、金丝猴、白唇鹿、牛羚只是其中的佼佼者，各种鸟也有几百种，其中有名贵的戴胜鸟，有周身有七色羽毛的太阳鸟。怪不得被联合国定为生物圈保护中心。我们原以为只是为了保护熊猫而设置的，一听介绍，才知道我们多么孤陋寡闻。

我们更不知道，这里还是一个风光绮丽、气候凉爽的理想旅游胜地。这里不仅有山水可游、熊猫可看，而且还有温泉可浴、矿泉可饮，还可以爬上高山湖泊（名叫“海子”），去看少数民族“打海子”。如果有兴趣去逞爬山英雄的能耐，当然还有现成的大雪山可以攀登。怪不得一路上遇见不少青少年，成群结队地不避跋涉之苦，到这里来消夏呢。

我们虽然不能不为这美丽风光而目迷神驰，可是我们到底是为了拜访熊猫而来的，于是吃罢午饭，就出发到海拔二千五百米处的“五一棚”，专拜访保护区里最受尊敬的主人——熊猫。

上五一棚说是只有两公里，却足足走了一个半小时，原来在这两公里的路程中，要过汹涌的皮条河，沿着湍急的山溪和许多轰然吼叫的瀑布，顺着直上直下的石路往上爬，过三十道拐，登五十一层梯坝才能到达目的地。其中还要穿过几道名副其实的水帘洞，淋得透身湿，如果你没有带雨具的话。有的同志知难而退，我却不服老，坚持跟成都来的青年们爬了上去，一路上登险路，望飞瀑，听鸟语，闻花香，还在水帘洞口洗了一个凉水澡，人生能有几回这样的登山乐？

快到五一棚时，我们踏上迎宾路，脚下突然感到松软，原来是铺的松毛。不是地毯，胜似地毯呢。到了五一棚，坐在用红桦木砍成的粗木凳上或用藤子结成的软椅上，别是一般滋味。我们还来不及喝完用本地山泉水泡的新茶，便登上几层梯坎，到了熊猫的公馆。这里送走去日本的欢欢后，还住着七只熊猫，有的在酣然大睡，有的在抱着竹枝，憨态可掬。去年新请来的两岁小熊猫，体态轻盈，在小屋里互相追逐，活泼可爱。主人给了我们极大的特殊待遇，竟把这两个小家伙放出来让我们抱着拍照，这两个小家伙对我们是那么温驯，那么友好。

听主人说，在这里的箭竹密林中，正在修大的围栏，使熊猫有广阔的天然生活环境。在这山林中，常有熊猫来往，许多中外专家带着各种仪器，正在这里观察研究，还把有的熊猫捉住，缚上电子仪器，放归山林，长期进行跟踪观察，这是很有意义的事情。

黄昏快要临近了，在松树和桦树顶上已经镀上一层金光，在新雨后的箭竹叶梢上，随着微风摇动，有晶莹的水珠在闪光。主人催我们下山，我们还流连不去，就在下山的归途中，望树树满夕阳，树树尽落晖的景象，越发令人神往。可惜至今还没有更多的旅游者和我们来分享这里的风光，所以我现在写这样一篇介绍的文章。

1980 年 8 月

黄龙纪游

说了几年，下了多少次决心，去游黄龙和九寨沟，总没成行。我们今年终于在这一年中最美好的金秋时节，驱车崇山峻岭之间，向人间仙境黄龙寺和九寨沟进发了。第一天寄宿松潘县。晚上，寒风习习，天阴欲雨，我们担心赶不上好时光，那样不仅看不到宝顶仙女的丰姿，耀耀黄龙也会变得黯然无光了。第二天早上起来，主人兴冲冲地来告诉我们："你们好运气，这一向阴雨绵绵，昨天都还是欲云将雨的，今天却忽然晴朗起来了，这正是游黄龙的最佳时刻。"我举头四望，果然碧天如洗，有片片朝阳镀在城周高山顶，今天无疑是一个大晴天。

早饭后，我们驱车直向黄龙。车子盘旋上了高山，绕过峰顶，我们都不禁叫起来："太美了。"首先跃入我们眼帘的就是一座白如玉笋，直插苍穹的雪峰。这便是有名的"雪宝鼎"。据说这亭亭玉立的雪峰便是宝鼎仙女，而在她前后依偎着的三座稍低的雪峰，便是拱卫仙女的三位骑士。神话总是美丽的，我一眼望去，那雪峰周围，彩云纷飞，瑞气蒸腾，的确令我目驰神荡，遐想飘然。我竟忘了看我们的驾驶员，却正聚精会神地在铺满冰雪的陡峻滑路上缓缓前进。俯身下视，许多深谷就在脚边，搞不好的确有"乘风归去"的危险。

过了雪山，车往下行，傍着一座怪石嶙峋、寸草不生的石山一直下到一片青松丛林之中，人称黄龙到了。举眼四望，太阳是这样温馨，天是这样蓝，云是这样白，雪山是这样圣洁，青松是这样葱郁，真够意思。

我们换了水鞋，过涪源桥，穿过一片松林。在野地里有东倒西歪的石础，这便是观音堂和罗汉堂的遗址。我们无暇去考察观音和罗汉遁迹何方，继续前行。我正在为路旁刺丛中像红宝石一样光洁的野果而惊叹时，听到前面松林中水声潺潺。趋步前去，跨过水中的朽木桥，已可以看到前面隐约在望的黄龙了。我们到了迎宾彩池，这像梯田一样排列上去一层又一层大小不等的彩池，好似用黄玉和乳石砌成，池中的水清澈见底，而池底的光滑乳石，幻出各种奇妙的颜色，在阳光下闪耀，不能不叫人惊呼“妙绝!”，恍如到了我多年在脑子里构想的西王母的瑶池，不觉想伸脚到瑶池中去一洗俗尘。可是同行游人早已在水中向上走，叫我跟上，说好景还在上头，快上龙背去吧。

我随大家上了黄龙的脊背，举眼上望，呵，一条宽几十到一百米的黄色乳石河床一直向上延伸，看不到头，直抵矗立天穹的雪山脚下，两旁都是广袤无涯的青松林，把黄龙衬映得更加显眼。最妙的是这缓缓向上的黄色龙背上，长出无数小块乳石，层层搭盖得和龙的鳞甲一模一样，使你无法不承认你就是真的走在龙背上。龙和水是不可分的，于是在这宽阔的龙背上到处流淌着晶亮的泉水，浅只几分，深不盈尺。人们一直蹚着浅水，踏着龙甲，一步一步走上去。有的地方，忽见一片一片金色的沙砾铺在龙甲之上，人们说这就是“金沙铺地”。我们在阳光下走了好一阵，抬头看去，的确像一条金光闪闪的黄色巨龙，躺在脚下，气势磅礴，顶上有白云苍天，它真像要乘风而去，我们自然也将乘龙御风，直上九霄了。

我正幻想，同伴呼我快走，看彩池去。我们到了一片瀑布面前，这瀑布是从上面的彩池溢出的，宽宽的一片，飞流直下，由于背景不同，有的闪着金光，有的闪着银光，煞是好看。

“洗身洞到了。”游人惊呼着，成群结队拥向一片四十几米宽的瀑布面前，我们也到了那里。但见一块像由黄玉雕琢而成的峭岩，矗立的黄玉峭岩上面衬着蓝天，千层银波像从湛蓝的天空倾泻而下，形成一幅罕见的水帘。这时太阳刚好照在水帘上，但见霓虹道道，彩珠滚滚，十分可观。在水帘里面的石壁上，隐约可见一个玉石琢成的不大的洞穴，可容一人进去。相传这里是仙人净身之所，凡是进香的香客，想去见黄龙真人的，必先入洞净身沐浴，才见虔诚。我看一周围的游客好像没有一个有兴趣去朝拜不知现在何处的黄龙真人，竟无人进洞净身。我倒想如果是夏天，能够在水帘下淋浴一番，倒是痛快事。现在已入深秋，站在帘前已觉寒风扑面，实在不敢去钻水帘洞了。

从洗身洞登龙背，必须绕道旁边的松树林。这里却别是一般风光。在密密的树林中，那苍虬一般的老松，直立耸天，老枝在风中摇动呼啸，有如龙吟。在大树下有各种灌木丛，有的枝条上还残留着白色的小花。有人说这一带盛长杜鹃花，要是6月来游，青松林里和满山遍野杜鹃花盛开，五彩缤纷，那才叫妙呢。然而我历来有一种对于“不是春光，胜似春光”的金秋的喜爱，现在在我眼前看到了一片一片火红的枫叶，衬着青松，纷外鲜艳，真是“霜叶红于二月花”，这才叫我称心呢。我在林间摘了几片枫叶，兀自欣赏。同时漫步走出松林，重新走上龙背去。在途中我们脚踏在厚土败叶面上覆盖着的青苔上，特别感到松软。那青苔在丛林间透下来的阳光的照射下，像绿彩绒一样闪光，真想把疲乏的身子倒在这绿丝绒做的沙发上休息一下。你听微风吹过，松树在沉吟，小鸟在歌唱，林外流水潺潺，人语喙喙，该是多么奇妙的午睡之地。但是同伴说，我们的龙背之行还不到三分之一，得快走了。

我们走出树林，踏上龙背，令人目瞪口呆的美景出现在眼前，各种各样形状，大小不一，重重叠叠的五花彩池，诸如明镜倒映池，娑萝映彩池，琪树流芳池，盆景池，有说不完的名目。更有奇妙无比、无以名之的无数无名彩池，一片又一片，一叠又一叠，目不暇接，美不胜收。我在明镜池边照了一下自己的尊容，又在盆景池边欣赏一下丛丛怪树，它们终年立在水中，蓬勃生长，我特别喜爱那在流水中飘来荡去的红色的气根，这种树竟能适应环境，用飘动的气根捕捉水中的养分，获得生存，真是顽强之至。在流芳池畔，我还看到不知道已经活了多少年的矮树丛，由于长年浸在这钙质流水中，它的身上竟也结上一层白色的钙壳，说不定若干年后，它会全被乳钙包裹起来，成为化石了。然而它现在还是那么顽强地生长着，我还偶尔发现有的开着小花，结着小果，想在这逆境中传宗接代呢。我真该对它们肃然起敬才是。

我们继续在龙背上踏着金沙，踩着银浪走上去，到底年岁不饶人，我这个古稀老人，和我的老伴，虽然有手杖的支持，也不得不慢慢掉下队来。我眼望着穿着五颜六色衣服的少男少女，嘻嘻哈哈地跳跃着，如履平地般地走上去，非常羡慕，却也无可奈何了。问一下从上面下来的游人，说上面好景甚多，但是路途遥远，照我这种步伐爬上去，恐怕已是日落西山之时了。和我们同行的年轻同伴奔向前去，瞭望一下，也说落远得很，我们走的还不到一半呢。我和老伴站在水中，拄杖休息，望龙兴叹，看来我们“不到黄龙心不甘”的雄心壮志，不得不半途而废了。眼见到了黄龙尽头的游客大半都走回头路了，有的年龄大的也已知难而下，我们也只好打退堂鼓，在龙背的金沙线浪中下行，走下龙背，穿过已经有些凉意的松树林，跨过入口小溪，乘车回松潘去。

但是在归途我并不因为没有游到黄龙寺而感到情绪萧索，相反的我感到很满意，甚至还有得意之处。为什么？我记不起是哪一辈古人好像说过这样意思的话：文不可写尽，写尽则索然无味；景不可看透，看透则一览无余；游不可尽兴，尽兴则再无余韵。黄龙美景既然连世界的地理大家都说是世界上绝无仅有，一次游完，再也不留余地，供我二次游览，尽兴倒是尽兴了，可是再也没有余韵，供我留恋，那倒真是大煞风景。我留下半截黄龙，可以供我想象的翅膀自由翱翔，岂不是更有味道一些？我想这绝不是阿Q式的自宽自慰吧。

傍晚，我们回到松潘，准备明天早起，驱车前往九寨沟，去寻访另一个人间仙境。

1984年10月

信天游地

我年届古稀，终于获准从行政岗位上退了下来，一下子把挑了近五十年的担子放下，突然感到一身轻快，虽然没有行云野鹤那么飘飘然，也不想学古代名士心在朝廷，身在山林那么自在，却总想在还能动弹的年月，去一睹祖国名山大门的风采。千万别连祖国这么壮丽的河山盛景都没有瞻仰过，便匆匆去向马克思报到，那真是遗憾无穷了。

最近我趁参加一个学术讨论会之机，和老伴一起到山东和东北各地去走马看花，我才突然悟出太史公游览了天下名山大川，才写出了《史记》。李白、杜甫这些大诗人正因终生徜徉于江湖，让困顿于驿旅之中，才吟出了不朽的诗篇这样的说法是很有道理的。我非文史大家，但是在“名山大川观灵气，世道人心见精神”之余，也窃然心动，想把所见所闻，写出一二。这的确比在家里—机关—会场三角直线中消磨时光，获益多多了。也比苦守书室，穷思殚想，搜索枯肠，以应付索稿，要从容得多了。于是我把所见所闻，杂想杂志，信笔所至，记了下来。名之曰《信天游地》，是信其天然之意，不是记陕北之《信天游》也。

而今方知行路难

过去我们出差，或坐飞机，或坐车船，总是早早地便有人送票到手，有车送到机场或车站、码头，到贵宾休息室里喝茶闲话，等着上路，不觉行路之难。这次因为一种具体的原因不得不自己来办买车票和上车的事，我们天不亮便到了北京火车站，穿过熙熙攘攘的旅客人群，挤进售票大厅，那里早已是长龙顺售票口摆了若干条，看那些购票人睡眼惺忪的神色，想必是昨夜便来站位了。我们不要说找不到买软卧票的窗口，连想买两张硬卧票，也是非分之想，好容易在长龙尾巴上有个立足之地，还没有等挨到售票口，却已见“票已售完”的牌子。为了能赶上开会，于是改变主意，就买硬座吧。我们从新排入长龙，挨到售票口，还算幸运，买到了有座号的硬座，我们回到招待所连早饭也不敢吃，便匆匆收拾提包，赶到车站等着上车，车站里真是上上下下，人山人海，糊里糊涂，提起笨重的行李，东奔西闯，好容易在检票口找个窗台靠着休息，喘息未定，却发现去泰安的火车不在这大厅检票入站，说是在另外一个大厅里。然而时间快到了，我和老伴又拖着提包匆匆挤到那里去，幸好检了票下到站台，许多生意人模样的人挓起大包小包在窄小的车厢门口为先进车厢而努力奋斗。我们行装轻简，却要时时嘘看着头顶上的大包小包，像怕从悬崖上滚下岩石砸破了头。我们在这普通车厢的走道中，在挤来挤去的人流的臭汗味中，从横七竖八绊着的腿中，从挥来舞去的手臂中，从谁也难以听清的大声叫唤中，终于找到了我们的座位。这时汽笛长鸣，车轮轧车子已经开动了。但是我们的座位上已经坐上了两个青年，一看就是那种有本事不必掏钱便可以通行无阻的能人。因为我们上车晚，以为是空位，便占上了。我念着我车票上的座位号码，以期启发他们的自觉性，然而他们装着正沉醉于窗外的风景，根本不理。我看到有乘警过来了，有恃无恐，请他们让位，他们才把我们的位子挪出来，然而又占坐另外的空位。过一会那个空位的旅客找座位来了，他们才溜开不知又到哪里找座位去了。我这才安了心，和这样的青年挤坐在一条凳上，是连打盹也不大放心的。

我现在才有精神来举眼四望，有许多是做小本经营的个体户，很多虽然已经用现代化的服装装备起来了，但是还有农民的本色。学过去跑单帮的一样。我想他们挣几个汗水钱也的确不易呀。他们不仅要经受旅途的劳顿，而且还不知要过多少关口呀？

我坐在窗口，远望那田野中的一片新绿，不觉浮想联翩。交通如此拥挤，秩序如此混乱，这样的旅行对于普通人来说，简直是灾难，那些在上的“食肉者”们，难道不知道吗？可能从简报、报告上是知道的，但是未必有我这样亲临其境的实感，显然在他们乘坐的专车、专列的宽敞舒适的客厅完全不会感到切肤之痛的，那么何妨每隔一些时候，请部长、局长们亲自去买票，拉行李，挤车尝一尝这种味道，听一听大家的埋怨、嗟叹和啧骂呢？……忽然我的耳畔响起一个声音：我国的交通事业远远落后于建设的需要，特别是对内对外开放，在旅途上奔走的人急遽增加，飞机、火车、汽车的数量、质量和效率都远远不能适应，难道你毫无所闻吗？你说的这种情况是少见多怪，我们早就洞如观火，何劳你这个书呆子来喋喋不休呢？而且没有调查就没有发言权，你怎么知道我们出行坐的都是豪华专列，而没有亲自去买票挤车听叫骂呢？“驳得有理。”我的心灵回答，“不过……”心灵似乎还有不平，但是卖盒饭的推车轰隆隆地在走道的人群中横冲直闯地推过来了。我说服我的心灵，当前要抓紧办的事是买一盒饭来解决肚子的咕咕埋怨，我的心灵只好让步，沉默了。

东岳朝山记　几乎半途而退

过去我坐火车过泰安不止一次，但是或在夜间，或遇阴晦天气，云罩雾隔，看不清楚，一直不识泰山真面目。这样倒好，在我的脑子里一直盘踞着孔夫子的“登东山而小鲁，登泰山而小天下”这两句名言，登临绝顶，一览天下小，那是多么豪迈，多么富于诱惑力的事呀！再想一想古今各种书籍中，对泰山说过多少赞叹的话，再念一念从秦始皇封禅开始，那些到泰山来顶礼膜拜的历代皇帝老倌的名单，该是多么壮观，再读一读那些游览泰山留下浩如烟海的诗文碑刻的历代大名人、大诗人、大写家的长串名单又是多么风雅！这种在我的脑子上留下的憧憬又是多么美好！无怪乎终年四季，每天总有成千上万的人，不畏旅途劳顿和登山辛苦，到泰山来要爬上南天门，登临宝顶去朝拜，去日观峰看日出。我和老伴不惜以古稀之龄，作万里之行，也正是为了把自已脑子里珍藏的美丽憧憬化为现实，以免将来到了马克思面前报到，还要以没有去朝拜过伟大的东岳而抱怨。

我们到了泰安，正是天清气爽的晴和日子。才在宾馆安顿下，我便匆匆地打开面山的窗子，想一睹泰山的风采。乍看之下，也许我们这些来自山乡的蜀客，爬够了峨眉、青城、剑门、巫山的崇山峻岭、悬崖陡壁，眼前的泰山似乎并不十分高峻。查一查旅游书，泰山主峰也的确只有海拔1545米，比峨眉的3099米差了约一半，但是往四下里一望，在这山东的大平原上突然升起这么大一堆郁郁苍苍的崇山峻岭，的确也算巍峨壮观的了。我们再一打听，从岱宗坊起步，爬上一天门、中天门，再循十八盘到南天门，再登上绝顶，如果想一天来回，也的确不是我们这老迈之身所能胜任的了。因此我们打算，只从一天门往上爬一爬，望一望，能走多远就走多远，走不动了就知难而退，反正已经匐于东岳之前，顶礼崇拜，享受了仰之弥高，望之弥坚的快乐，也就马马虎虎地算朝过泰山了。有人鼓动说："胡总书记也以近古稀之年，亲自爬了十八盘，登上南天门呢。"我还是敬谢不敏，抱定凡事量力而行的老主意，即此一端，就可证明我们这些老人是的确应该退下来。当然，我们万里迢迢地到了泰山脚下，眼见南天门云雾缭绕，仙境在望，却半途而废，不仅接待我们的主人表示惋惜，我们自己也不能说一点也不感到遗憾。

正在这时，来了好消息，市委书记听说我们却步不前，便趁他们去检查从泰安到中天门盘山公路的修建情况，把我们捎上，坐他们的工程车到中天门。虽然正在修建的公路十分颠簸，我们还是很满意，到底不劳而登到中天门，乘风而上，飘飘欲仙。

到了中天门，那里有新修的索道，直飞南天门，不经爬十八盘的登山之苦，而从此登临仙境有望，岂不快哉。我们在中天门索道公司小憩。公司经理不知怎么知道了我，拿出宣纸笔砚，要我写字。这的确叫我为难，只好勉强写了一幅杜甫的《望岳》诗交卷。经理竟高兴得要陪我们坐索道上南天门，我推却不得，他说这是他的例行公事，每天都要亲上缆车去坐两回，实地检查。这一条索道不知道算不算得是我国风景区的第一条索道（峨眉山到金顶的索道还没修好），我看真够壮观。听说原来是修在正面十八盘的顶空，后来是专家们提了意见，认为那样在游人众多的十八盘上空滑行，既不安全，又煞风景，才改到山这一边来，越过人迹罕至的深谷和陡岩，直上南天门。

经理陪我们到了索道口，我才发现，在那里已经排了一个长蛇阵，我们如果也去排队，以一缆车载三十几人，上下一次十四分钟算，大概要两个小时才能轮到我们上缆车，我才明白了经理为什么要选择这个时候去履行他的例行公事。我只有打心里感谢他对我们这种老人的照顾。我们在索道站等缆车的时候，他说，自从修了索道，旅游的人十分方便，每天从这里上下的何止几千上万的人，但是如果索道的任何一个环节，有一点小疏忽，就会带来坠缆车的悲惨事故。他还提到重庆的过江缆车就出过事故，弄得把人悬在空中，进退不得，他们还应邀派人去看过。哦，经理每天要亲自上下检查两遍，如此注意旅客生命安全，真是一个尽忠职守的好心人，不觉对他肃然起敬。

我们登上缆车，沿着缆索徐徐向如在碧空中的南天门飞去，同时遥看从南天门的另一条缆索上一个缆车正徐徐下滑。十八盘险峻陡路本来要爬半天才能到南天门的，现在七分钟便到了，真是便捷极了。我站在缆车窗前，向下望去，有沟壑纵横的深渊和龇牙咧嘴的巉岩，到处生长着枝叶低压的古松，在山风中摇曳，倒像是特意来欣赏好看的盆景，全无一点使人恐惧的感觉。缆车平平稳稳地向上直窜，真是凌空飞去，直上南天，有飘飘欲仙之感，我想，就是只坐这一趟缆车也不虚泰山此行了。

南天门在云端

我们下了缆车，沿山边横走不多远，便到了闻名久矣的南天门。谁也没有去过玉皇大帝的天庭那个南天门，想象起来大概就是在那虚无缥缈之间吧。我现在站在这个人间的南天门上，却也真有虚无缥缈的感受，向下看是宽大整齐的盘山石级，爬在陡峻的山岩上，盘道逶迤伸展下去，看不清有多少盘多少级，真不愧号称为“天门云梯”。我们再向下望去，石级沉入早上从山谷蒸腾起来的云雾中去了，好像是在云端铺上一条大道直通人间一般。许多游人便从云里雾里沿着石级爬了上来，增加了许多神秘的色彩，叫人飘飘欲仙。我们回首上望，巍峨的红墙上开着一个巨大的拱形门，拱门上赫然写着“南天门”三个大字。在这座拱门之上立着一个红墙黄瓦的阁楼，十分壮丽，上刻“摩空阁”之字。我们从南天门走进去。照说走进这个门，便上了天庭了。果然，出现在我们面前有一座崭新的宫殿式建筑，以铁瓦为顶。但是却命名为“未了轩”，显然是取杜甫《望岳》诗中“岱宗夫如何，齐鲁青未了”的意思。那么这里还不是天庭呢。

碧霞元君——泰山之神

过南天门向东走，斜行向上，不多远看到一片宫殿，进得山门，有正殿五间。据说瓦、楞、檐、吻，都是铜铸的，还听说左右配殿都是铁铸的，在殿前左右耸立的“泰山天仙金阙”碑和“泰山灵佑宫”碑以及千斤鼎和其上的万岁楼也都是铜铸的。在正殿之后还有一幢大殿，真是宏伟壮观。在这山顶上修建这么大的工程，该要花多少人力、物力和时间呀，我想这大概是天庭了，但是不知道为什么却叫“碧霞祠”。更令人奇怪的是各殿中赫然上座的不是威严的天君，却是铜铸的又慈和又美丽（这个词并没有亵渎之意）的女菩萨，号称“碧霞元君”。

更叫我惊叹不已的是，这些女菩萨的身上都被朝拜的女信徒裹上不只一层的哀服、帛衣、红纱巾，多得几乎只能看到她的面庞了。又叫我不明白的是供桌上以及供桌下的兜子里摆了不知有多少双只适宜于三寸金莲小脚穿的花缎鞋。想了一下，我理解了，碧霞元君在世之时，必定还没有发生“放足运动”，她应该是有一双三寸金莲的，但是为什么要供奉那么多，叫她过一万年也未必能穿上你供的那一双呢？但是正在供案前匍匐叩头的女信士不管这些，只管心诚，菩萨不会嫌多的。正如在香案上供奉的香烛堆得无处可堆，在案前篮中大家布施的钞票和分币装不下，飞得满地都是，而在一旁看守的道士并不嫌多一样。我很想了解泰山顶上这些“碧霞元君”和她的周仙班的女菩萨，为什么有这么大的神通，以至有这么多的女信徒，不怕登临之苦到这里来顶礼膜拜呢？为什么要供奉那么多人民币，那么多哀服、帛衣、挂红灯油和香烛，为什么纸钱烧得那么红火，满院殿烟尘滚滚呢？我问了几个本地人，都能说出一个掌故，却又说法不一。我翻看了《泰山神话故事》，才知道她原本也是徂徕山间的一个叫三姑娘的贫穷女子，在观音菩萨的帮助下偶然地被玉皇大帝封为泰山之神的。凡是神话，你最好是只管相信，不要深究，这样才会给你插上幻想的翅膀，让你神游天地。

登上泰山之巅——玉皇顶

我们出了碧霞元君的宫殿，再往上爬，终于到了泰山之巅玉皇顶。我原以为玉皇大帝的宫殿总要比他封的泰山女神的宫殿辉煌得多吧，然而令我很失望，爬到峰顶不过有一个其貌不扬的小庙。我们从小拱门走进去，北面为正殿，东面有一个“观日亭”，在此可以看日出；西面有一个“望河亭”，从这里可以遥望黄河；在院中央立了一块石头，周围围的石栏，这便是极顶石，这是泰山的最高点了。在极顶石的西北侧有一个《古登封台》碑，据说古代帝王登山祭天，祭坛就设在这里。我不大相信这是赫赫威严的玉皇大帝的宫殿，我怀疑这恐怕不过是玉皇大帝下到人间来封泰山神时的一个临时驻扎之所吧，玉皇大帝是别有辉煌的宫殿在看不见的天上的，我从《大闹天宫》的电影里就看到过的。然而这也只能是我姑妄言之，你姑妄听之吧，是认不得真的。

但是我们终于十分高兴，因为我们本以为到泰山顶不过是非分之想，然而居然站在泰山的顶峰点，举眼四望了。向西望去，仿佛真看到一条白线，想象那该是黄河，向东看去，泰山在山脚下，的确显得渺小，再向前是一群较低的山，我设想那该是孔夫子说的东山吧。南北两面是莽莽苍苍的平原。太阳暖我身，凉风吹我面，极目四顾，天地悠悠，真有陈子昂登幽州古台那种怆然欲涕的情怀呢，同时也有杜甫《望岳》诗中"会当凌绝顶，一览众山小"的气概。不过当我一想到孔夫子说的"登东山而小鲁，登泰山而小天下"那句话，似乎不大贴切。如果在泰山顶能望到的便算天下，那孔夫子心中的天下就太小了。他没有到过峨眉山，如果到峨眉山金顶，岂不要发出"登峨眉而小宇宙"的慨叹。但是也许孔夫子也不过是做一种艺术的夸张罢了。我在庐山的确到香炉峰下看过，瀑布也许真有三千尺，却看不出"银河落九天"的景象，然而我们完全相信那是真实的。

我收回神思遐想，从绝顶走下来，在玉皇顶的门下看到一块大碑石，高一丈多，宽二尺多，十分厚实，上面却一个字也没有。据说《史记》上有记载，是汉武帝祭泰山时所立的，又经日晒雨淋了二千一百多年，朝代更换了多少代，它还屹然峙立。在旁边立了一块碑，刻有郭沫若写的诗的真迹。我们再往下走，在路旁大石上刻有"五岳独尊"几个苍劲的大字，在旁边还有"昂头天外"几个小一点的大字，颇有神韵，那意思更是切合登山人的心理。再向下走到了大观峰下，便是一片摩崖石刻，有一块很大的碑，是唐玄宗开元十三年写的《纪泰山铭》，书法遒劲婉润，在旁边一片石崖上刻了不少的“华峰”、“置身霄汉”之类的碑文，真是书法大观。

时间不容许我们久久流连，每每赶到日观峰去看看。小时候读过泰山观日出的文章，这里是一定要走到的。现在已是日中，当然没有日出可看，而且山下只见昏蒙蒙一片，也没有云海的胜景。但是云海日出的胜景我在峨眉山顶早已看过，相信比在这里看到的还要壮观些。不过有一块从平地斜插入长天，有两丈多的“拱北石”却可看一看，想象坐在石头端顶，早上看云海日出或者看晚霞满天，一定是有味的。

我们从日观峰下来，走过观鲁台、仙人峰，虽也有可观之处，也只好匆匆走过。至于还有西天门、丈人峰之类的地方，我们根本不想去看了，因为我们还要从中天门步行下山，听说在途中还大有可观之处呢。

下山途中

我们还是顺索道下到中天门，在那里吃了便餐，开始向一天门下走。同路下行的游客虽然很多，可是还看见许多人往上走，我问同行的本地人，他们说那是准备今天上山顶去风餐露宿，明天争取最早去给菩萨上香还愿，显得真诚的。有的青年当然是想上山去露宿，一大早到日观峰去看日出的。上山的人中还有许多老太婆，拄着竹棍，扭着小脚，一步一步地往上爬。陪伴这些老太婆的是她们的小媳妇，或兴高采烈的小儿子小孙子，他们挑着香烛纸钱和准备在山顶过夜用的棉衣棉帽，那些老太婆明明困顿不堪却要强打起精神走路。据说朝山的人是不能说累的，也不能表现出疲惫不堪的样子，如果有人问："累不累?"她们一定要用冥冥之中的神灵能够听得清楚的大声回答："不累。"据说如果上山时表现得困顿或厌倦，在天空中巡游的神灵便会先期报告上去，这样一来，你上山去叩多少头，烧多少纸钱，交多少布施，都不会灵验了。我不知道泰山上是不是上上下下都有神灵，为什么这些上山的人每遇一个小庙就要进去烧香供奉，甚至只要有一个石岩洞以至石岩缝也要去插一炷香，烧几张纸钱呢?我去那小石洞口望一下，里面除被烟黑的痕迹，其实什么可以作为神的象征的东西都没有。我看到她们的虔诚模样，不是想笑，而是想哭：三十几年了，还有这么多善男信女把自己的命运寄托给莫须有的菩萨。

一路下来，下不完的石级，使人困倦得很。好在过一段就有一处庙宇，或亭或阁，或桥或关，或塔或幢，或岩或洞，或峻峰或飞瀑，加以调剂。不过我也没有精神去欣赏了。只是有两个地方我们停下去去欣赏了一阵。一处是在一块石头上刻着"虫二"两字，一眼看出这是"风月无边"的意思，味道不大。还有一处却使我流连忘返，那就是经石山谷。绕过一个石亭，在溪边有一大片整块石头的斜面上，刻着一大片斗大的字，是什么经文，据说是北齐时的刻经，字写得极好。我家里有这个拓本，并且常常摹临，现在看到了原刻，岂有不反复观赏的?可惜天气已近黄昏，我们不得不匆匆赶路。等我们下到孔子登临的牌坊，和一天门坊，还来不及细看"孔子登临处""第一山""天下奇观"这些石碑石匾，已见暮烟霭霭，有游客约我们去看城边的普照寺和六朝松，我们的腿早已不听使唤，况且城里已见灯火，是该赶快回宾馆去的时候了。

第二天我们出发去曲阜前，市文化馆特地来约我们去岱庙参观。据说到了泰安不看岱庙，等于没来泰安。我们进了这么一座占地九万多平方米的伟大的庙子匆匆看了一下，那布局的正大，建筑的雄伟，塑像的庄穆，壁画的精彩，碑刻的林立，以及古柏、苍松、银杏和幽雅的花园，都给我们留下很好的印象。可惜时间不早了，我留下一幅字，向主人告别后上路去了。

1985 年

春节，我被吊在峨眉山空中

我在北京工作的大女儿回成都过年来了。就是那个一生下来就和她妈妈坐牢，后来她妈妈牺牲后失踪，我找了二十年才找到的女儿。她今年已经五十五岁了，这是她第二次回到成都和家人团聚，一家人都十分高兴，当然我是最高兴的。四川的风景名胜，她哪里也没有去过，于是我决定春节期间带她去峨眉山登金顶一游。

老伴和大女儿自然都不赞成，以我年事已高，又当严寒风雪之际，去爬三千二百米的金顶，岂不冒险。但是我执意要去，我说这次要不去，恐怕再也去不成了，那将是我一生的遗憾。老伴说我在 1990 年春节就是带着全家到峨眉山金顶团年，今年春节又要带女儿上金顶，简直是发狂了。是的，我是发狂，我就是要学苏东坡那样，“老夫聊发少年狂”，左携女，右儿郎，身裹重棉，千里峨山行，而且一定要上到金顶最高处。

大女儿问我为什么，我说：“到了金顶，我再告诉你。”

我们几番争论，最后达成“协议”，如果峨眉山下大雪，我就不上山，由别的人陪大女儿上山。两个儿子，一个女儿，都乐意陪自己的大姐上山，连两个孙儿女也想去。老伴身体不好，我不让她去。

出发前，大女儿和老伴在暗地里为我准备避寒衣帽，各种药品，包括救急药和氧气袋，还有大女儿特意从北京给我带来的新产品——氧气发生瓶，俨然是准备把我抬回成都的架势。她们一番好意，我不好制止，心里却是有数，我自信我的身体还顶得住。

2月16日，就是大年初二，我们老少六口人，一大早坐一部面包车出发了。车才出城，便下起雪来，可以量定，峨眉山一定是风雪满天了。但是已经定了的事，我绝不动摇，冒着越下越大的雪，越吹越紧的风，直奔峨眉而去，中午到达峨眉山下，在一个宾馆里安顿下来。

吃了中饭后，外边的雪下得更大，像鹅毛满天飞。大女儿以为我是不能上山的了，叫我在宾馆休息。我执意要上山，而且一定要上金顶。我说："不上金顶非好汉。"老伴不在，大女儿奈何我不得，只得让我去。她拿出厚厚的羽绒服要我穿，我不穿，她只得将衣服和救急物品一起带在车上。

我们冒着大雪出发，穿过龙门，沿着小溪向净水而去。这里的竹木山石，完全被雪掩盖起来了，一片耀眼的白色，真是好看。小溪边的公路，要不是上山的大小车子很多，在路上压出路迹，几乎不能辨识，驾驶员稍不注意，就有可能滑到沟里去。看到前面的出租小车滑行的样子，大女儿不免有点担心，不是为了她自己，而是为了我。我却正怡然自得地在欣赏雪景呢。

车子沿着弯曲险峻的盘山路开上去。雪景自然愈发地好看了，那弯腰的树梢和竹林堆着雪花，如此洁白晶莹，大家都不住惊叹。但是我们的驾驶员，这个时候却是聚精会神地小心开车。山路不仅很窄，又全被厚雪覆盖，难以看清车道。上下的大小车子很多，不注意就可能迎头撞上，掉下悬崖。更恼火的是天气很冷，路的厚雪被车子压过，都变成冰，在山道上溜冰，可不是好耍的事。看到前面那些车在东歪西扭地爬行，真可以叫人捏一把汗。不过我们面包车的驾驶员，年岁虽说不大，听说是长期在雪山高原开过车的，看他胸有成竹地操纵着方向盘，顺势在冰槽里滑行，我们增添了几分安全感。

又爬了一阵，到了安全检查站，不安上链条不准上山，驾驶员拿出车上自备链条，和我的子女们一起七脚八手安好了。检查的人亲自来验看无误，交了相关的费用后让我们过了关，直开去金顶缆车站口（大量旅游大车只能停在雷洞坪，旅游者还得步行几里雪路，才能到缆车站），顺利地买好票，登上了缆车车厢。这下可以直上云霄，穿过云层，到达阳光灿烂的金顶了，心里好不高兴。

但是，且慢高兴。我们正从高悬空中的缆车上，看脚下银装的千山万壑，看悬崖上的松树被大雪包裹，结成冰凌，玲珑剔透，有如冰雕，煞是好看。忽然车厢摇了一下，停下不动了。这是怎么一回事？吊在三千米的冰雪高空中，可不是好玩的。但是那个管缆车厢的服务员小伙子，不知是不是见惯不惊了，全然无动于衷，继续低头看他的小说，大概不是为书中的缠绵悱恻的爱情就是为热烈紧张的侠客武打而着了迷吧。我们问他这是怎么一回事，他爱理不理的样子，好像这和他毫不相干。一车厢的旅客都嚷起来了，他才打开对话窗问下面车站的人。他传达下面的回答，出乎意料的简单，说：“停电了。”停电了，那怎么办呢？没有下文。他满不在乎，又拿起他的小说读起来。就这么莫名其妙地吊在半空中，上下不得。

满车厢的旅客都吵起来了：“怎么把我们弄到这半空里吊起来，挨冻受饿，该怎么办，怎么也不向旅客作个交代呢？”“这么高的地方，风雪又这么大，吊得了多久？是要死人的呀!”最恼火的是我的子女们，悔不该让我上山来。八十二岁的人，这么冷的天，吊在半空中，能经受得了多久？如果待到天黑，那就不得了。他们拿出多带的衣服，取下自己的围巾，把我全身包裹起来。

大伙都在着急，我虽然也的确感到脚腿冷得发僵，却几乎要笑起来，这真是太妙了。听说缆车挂在空中的事，在这里还没遇到过，但却让我们碰到了，而且是在大风雪的春节。我们一家六口，一起被吊在上峨眉山金顶的空中过年，还有这么难得见到的雪景可赏，真是百年不遇，千载难逢，这还不知道是哪世修来的福呢。

我们被挂在上金顶的半空中，大约快一个钟头，缆车站自备的发电机终于发电了，阿弥陀佛，我们不会在这天空中吊起过夜了。缆车是以每秒零点二米的速度向上拉，有的旅客怕天黑，很是着急，甚至失去上金顶游览的兴致。我却抱着乐观的态度说：“不怕慢，只怕站，只要在走就行。”

我们终于到达金顶。但是出乎我的意料，我们并没有冲出云端，看到阳光满天和云海无边，像1990年春节我们全家上金顶团年所看到的那样。走出缆车站，只见天上一片朦胧，地上一片白雪。山上的松树不胜重负，弯腰驼背地变成一座座奇形怪状的雪雕。这是我一生从未看到过的。一切不愉快都成过去，大家忙着照相。这时鹅毛般的雪片，向我们扑来，只一会身上就堆满了雪。小孩子们都到雪地里打滚，一个个乐得像什么似的。

天色已经不早，我要孩子们扶着我，匆匆地赶到金顶的大庙里看了一下，就直奔金顶的舍身岩边。这便是我这次上峨眉山一定要看的地方。我在舍身岩边往下看，在悬崖外只见一片昏暗，不知有多深的底。我久久地站在那崖边，似乎又看那下面有诱惑的眼在看着我。多少往事，涌到心头……

这时风越吹越大，雪下得更紧了。两个女儿把我扶着，两个儿子也在一旁，不知道我为什么对这片悬崖有这么大的兴趣。我告诉他们，“文化大革命”初，我被抛出来批判之后，以戴罪之身，被关押在峨眉山的几个庙中，金顶这里我也住过。那时我已经听说，领导准备在这一次运动中抓一批“右派”，由我带队，送到大凉山去开荒。我想，与其被送到那荒凉之地去受侮辱折磨到死，不如就在此地了却一生。听人说，在这舍身岩边，一些佛教徒从这里跳了下去，舍身而去他们信仰的西方极乐世界。我也要至死保我的清白，所以，我当时给大女儿写的信中就说过“爸爸此生休矣，望你好自为之”的话。我曾在这崖边踟蹰几次，虽然有人看守我，不过要死是并不难的，只要跨前一步，就下去了。但是我一想到在北京的大女儿，又想到另外三个才不过十岁出头的孩子，我负有他们母亲的重托，我不能死，我要活下去，哪怕屈辱地活下去。

我的孩子们，特别是大女儿，听了黯然伤神。他们才知道我为什么一定要带他们上峨眉山，哪怕冒着大雪也一定要上金顶的缘故。这是我一生最难忘记的一件往事，这里是我一定要来“收脚迹”的地方。

我还告诉他们，下面雷洞坪的悬崖边，待会下去时，我也想去看一看。那里也是我曾经想跨前一步的地方。有一天早上，我被押着下山，走到雷洞坪的悬崖边，我往下看去，不知有多深的悬崖。我忽然想到这回下山回去，大概就要定我的罪了，噩运就要落到我的头上来，我何必去受辱受苦？就在这里，只要向前跨一步，便什么也了了。我回头向北望了一下，千嶂郁郁，那山外便是成都，那天边便是北京，那里有我牵心挂肠的亲人，我不能死。这时，押我的三个干部也怕我有异动，不准我走在外边，要我走在他们的内侧，我知道这是他们的一番好心，也是他们的责任。我屈从了。

正说着话，眼看悬崖边风越吹越大，雪越下越紧了，缆车最后一班不多一会就要开了。孩子们把我搀扶着，走下金顶，急匆匆地赶到缆车站，坐上了最后一班车。也许是菩萨显灵，缆车下行很顺利，眼看就快到缆车站了。忽然车厢一阵摇动，停车了。我还以为是到站了，向窗外望去，我们还悬在空中，又出事故了。和我们同车上来的一些旅客，嚷了起来，为什么一天两次停车都摊到我们的头上来了呢。我却更觉得幸运，一天两次被吊在半空中欣赏雪景，几人有这样的机会！

但是同车一男二女听口音是广东人的旅客，显然没有我这样赏雪的兴趣，他们很着急地在诉苦。他们说，他们是坐旅游大巴车来的，大车停在下面停车场，定时开车回去。他们没想到缆车还会出毛病，这样一耽误，赶不上旅游大车开车时间，该怎么办呢？我说："看来你们今晚大概要在雷洞坪的旅馆里过夜了。"

幸好，这个车厢的女服务员很好。缆车停后，她马上和颜悦色地告诉大家："请旅客们放心，这没有危险，我马上打电话问。"她打开对话窗，问下面怎么一回事。下面回答，马上开备用发电机，请稍等。过了五六分钟，缆车运行。虽然还是以很低的速度运行，过了一会，总算便到站了。

出得站来，正下着大雪，天色很暗，但是还没有全黑，那三个广东旅客踏着大雪急匆匆往下走去。我们的车坐满了，爱莫能助。我们下到雷洞坪时，果然看到一辆坐得满满的旅游大客车。一个人下车来问我们，看到三个广东旅客没有。我们说，缆车出了事故，他们正从山上赶下来，一会就到，你们等一下吧。那人上车去，一会，那车却开走了，怎么能这样？我原来还想到雷洞坪悬崖边去寻我的脚迹，现在一点情绪也没有了。心里老惦着那三个广东旅客，他们人生地不熟，大老远来到峨眉山，偏遇到这样的事，看来他们今晚真得住在雷洞坪了。

雪下得更大了，我也无暇再站在那儿想这些，我们得趁天还没有黑，往山下赶路。这时，只见前面一片朦胧，路被冰雪盖住，很不好走。我们才走出一段路，天便全黑尽了。灯光下的路更不清楚。感谢我们的驾驶员，他很有经验地和那冰雪滑道打交道，虽然不免有时要左偏右拐，却还是平安地走出那险峻弯曲的冰雪路，下到净水溪边。在一路上我们已经看到有的车子歪在路边，走不动了，有的还在一步一步地挣扎滑行。在一个弯道边，眼见前面停了几部大车和面包车，原来是一部面包车陷在泥里出不来。大家帮助推拉一阵，无济于事。这时开来了七八辆摩托车，是农民的。他们专门在这段险路上解人急难，替人拉车。他们好像很有经验，一会便把陷车拉了出来。原来他们是专门做这种生意的，听说拉一辆车要几百元，一天挣得不少呢。

过净水时，我原本打算下车去寻找当年我被关押时住过的小旅馆、小饭铺，还想去看看那终年唱着忧伤的歌的水车和那整天呜咽的溪水，乃至那悬崖上的挺松，溪边的小草，沙岸里晶莹的小石子，这些都在我的记忆里留下不灭的痕迹，它们伴我度过凄苦的岁月。我甚至还想从这里再坐缆车到万年寺去，当年，我在那里住得相当久，想去寻访旧迹。但是天色已晚，只能留下遗憾而归了。

我们从那险峻的冰雪弯路开到平地，此去无险路，看来可以平安出山，松一口气了。但是驾驶员却不这样看，他说出车祸往往出在平地。我相信他说的话，他懂得这个道理，更相信他不会出车祸了。他一点也不松懈，更加聚精会神地在灯光下探着路前进。虽然道路不好走，到底平安地出了山。但是当我们过龙门沟时，听说这里下午出了车祸，一部成都来的奥迪小车滑进沟里去，一车人都死了。我愈发相信驾驶员说的话是从自己生活实践中总结出的真理。淹死的往往是会游泳的，出车祸常常在平地，和乐极生悲、塞翁失马焉知非福一样，这是一个很有普遍意义的哲理。

第二天晚上我们一路冒着大雪回到成都家里的时候，我的大女儿对着我长长地舒一口气说："这回冒雪上金顶旅游，我的心一直捏得好紧，现在你无病无痛地平安回来，才放了心。"我却以这样的话来解嘲："我的身体还熬得，你看你们准备那么多的救急药氧气瓶，有用上的吗?"

我这样满不在乎的样子，很受了老伴的一顿责备。她说，昨天峨眉山出车祸的事，传到成都说是一车六个人都死了，她好不着急，后来才听说只死了一个人，是李少言老的儿子。她说："这么冷的天，这么大的雪，你们大小六口人上金顶，真是太冒险了。"

我听着，心里却嘀咕着："人生一世，没有冒过一回九死一生的险，没有在人生的长途中留下几片雪泥鸿爪，没有尽情地欢笑和歌唱过，没有享受过温馨的爱情，没有给这个世界增加一片色彩，那还有什么意思呢?"

但是我没有说出口。

1996年3月24日